借給朋友500圓，他竟然拿妹妹來抵債，我到底該如何是好

4

としぞう

插畫 雪子

Kadokawa Fantastic Novels

I lent 500 yen to a friend,
his sister came to my house
instead of borrowing.
what should I do?

插畫　雪子

C O N T E N T S

第1話 關於我向朋友報告這件事

「求，我來啦。八月都要結束了，天氣還是一樣熱到爆耶。」

我們才剛碰面，宮前昴就不耐煩地這麼抱怨。

根據天氣預報，今天的最高溫好像也會超過三十度。

就算到了九月，這種殘暑應該還會持續一段時間吧。我一面這麼想著，其實心裡有種暑氣退去，涼意逐漸湧現的感覺。

這肯定是因為今年夏天一直陪伴在身邊的女孩，已經離我遠去。

「啊～總算活過來了～」

「…………」

而這位彷彿與她沒有血緣關係的哥哥才剛踏進書店，就立刻站在冷氣的出風口底下，一臉愜意地伸著懶腰。

「嗯？求，你也想吹冷氣嗎？」

「不，我就算了。話說你這樣會感冒喔。」

「哈哈哈，我可沒有軟弱到這樣就會感——哈啾！」

昴才剛說出這句話，就立刻打了個大噴嚏。

該怎麼說呢，這傢伙還真是不會讓人失望。

「喂，你那是什麼眼神啊！別誤會喔，這只是……只是好像有灰塵偶然跑到鼻子裡面。」

「這算什麼藉口啊。」

「話說，你竟然會約我在書店碰面，還真是難得。不過，其實我比較在意你手上那個紙袋裡的東西。」

「這……這個沒什麼大不了啦。」

「你這種說法很明顯就是有事情瞞著我喔。」

昴用無奈的眼神看了過來。

我也知道自己轉移話題的方式很笨拙，但聽到他直接說出這件事，讓我覺得更難為情了。

「總之，我們換個地方說話吧。那間咖啡廳應該挺合適的。」

「怎麼啦？你就這麼不想讓我知道那是什麼嗎？這樣反倒更在意了～」

「就跟你說不是那樣了。會給店家添麻煩，我們快走吧。」

「喂，別拉我啦！」

我粗魯地拉著昴的手走出書店，不讓他繼續追問下去。

或許是因為我們長年以來的交情，雖然是我把他叫出來，還是很自然地對他這麼不客氣。

我要叫他出來談的事情，讓我在等待的時候非常緊張，但只要跟這傢伙在一起，還是會被他牽著鼻子走。不管是好的方面，還是壞的方面都是如此。

◇◇◇

我們離開書店，走進附近的咖啡廳。

當我去買飲料的時候，昴也在店裡的角落找好位置，還吵著說他就是要看，讓我不得已只能把紙袋拿給他。

「哦，《金魚的飼養法》啊……」

「早就跟你說了，這不是什麼大不了的東西。」

「不～我認為這本書藏有某種深刻的意涵。」

昴露出想要捉弄我的奸笑。

然後他輪流看向書本和我，還不時皺起眉頭，露出陷入沉思的表情。

（昴這種時候總是不會說出正經話呢……）

「我知道了！」

「知道什麼？」

「這本書跟朱莉有關係對吧？」

「噗……！咳哼！咳哼！」

完全沒料到他會這麼說！

在我被嚇到的同時，正準備喝下去的咖啡歐蕾也跑進氣管——狠狠地嗆到了。

「哈哈哈！你的反應也未免太老套了吧！」

「要你管……」

我摀著嘴巴，努力調整呼吸。

不過，原本還以為昴會說出更莫名其妙的話……我真的有那麼好懂嗎？

「再說，如果你在最近做出異於平常的事情，我會推測跟朱莉有關係，不是也很正常嗎？」

「是這樣沒錯啦……」

「你今天專程找我出來，也是要談朱莉的事吧？」

昴笑著如此說道，彷彿看穿一切。

總覺得很不爽……而且他還說中了，讓我覺得更是不爽。

「那你就說來聽聽看吧！大哥我願意傾聽！」

「聽到你這麼說，我反倒不想說了……」

「哈哈哈！」

昴放聲大笑，強調自己只是在開玩笑。

「不過，這樣至少能幫你放鬆心情吧？從我們剛才碰面之後，你的表情就一直很可怕。不知道你在煩惱什麼，但現在應該有比較好說話了吧？」

「昴……」

昴的態度為之一變，展現莫名成熟的一面。

我會特別有這種感覺，是因為他是交過女朋友的前輩，說不定還是我未來的——不，現在說這個實在太早了！

總之……他沒有說錯，剛才那些對話確實讓我稍微恢復平靜了。這點必須坦率地感謝他才行。

「昴，我有件事必須告訴你。」

「說吧。」

「就是……」

我緊張到喉嚨緊繃。

但是，感覺比剛才好多了。

我深深地呼了口氣——筆直注視著昴這麼說：

「我開始跟小朱莉交往了。」

早就做好挨揍的心理準備。

我很清楚昴非常重視小朱莉。

自從我們在高中結識之後，他這個大家公認的妹控，就從來不曾改變過。

就連我這個他口中的摯友，都被他好幾次要求別太過親近小朱莉。

（可是，昴後來又說要讓妹妹當五百圓債務的抵押品，把小朱莉送到我家……）

結果我因此認識小朱莉，不小心喜歡上她……最後與她成為情侶。

雖然起因是昴的行為，我還是對他拜託我照顧的心愛妹妹出手了。

所以，這下就算挨揍也很正常。不，如果挨揍就能讓他氣消，還算是好的結果。

「……是嗎？」

昴嘆了口氣，同時說出這句話。

然後——

「哎呀～求也交到女朋友啦～！不，好像該加個『總算』才對吧？」

「咦……？」

沒想到他會說得這麼輕鬆，有好幾次都懷疑自己聽錯了。

我應該都說出來了。他也聽到了吧……？

「然後呢？是誰先告白的？該不會是朱莉吧？不過，那傢伙其實也很沒膽。看她上次去海邊玩的樣子，大概會在緊要關頭退縮……難道是我想太多了嗎？」

想不到他竟然猜得這麼準……不對，這不是重點！

「等等。昴，你怎麼……」

「說吧。到底是誰先告白的？告訴我又不會少一塊肉！」

「……是我。」

「這樣啊……看來你展現出男子氣概了呢！」

昴開心地笑了出來。

可是，為什麼？

沒想到他會是這種反應，心裡只覺得納悶。

「幹嘛露出那種表情？摯友交到人生中第一個女朋友，我當然會為你感到開心啊！……不過，要是我沒有女朋友，說不定會因為嫉妒而揍人吧！哈哈哈！」

「就算對象是你妹妹，你也這麼想嗎……？」

「我這個哥哥當然會為此感到寂寞。畢竟她以前只要我不在身邊就會哭喪著臉，但現在也已經是個大人了。」

昴說著這些話時，眼神中也流露寂寞與關愛……感覺就像是一個做哥哥的人。不過，注意到我的目光之後，他很快就變回平常的樣子。

「算了，比起不知哪來的臭小子，讓她跟你交往我還比較放心。因為你是個好人，而且還是個超級無敵草食男呢！」

「草、草食男？」

「別想給我否認喔。要是你毫無自覺……那就真的沒藥醫了。唉，畢竟你是主動向朱莉告白，這點倒是讓我刮目相看。」

昴豎起拇指。

可是，我一點都不覺得他是在稱讚。

「不過，你可別因為跟朱莉交往了，就給我得意忘形喔。只要我還有一口氣在，你絕對不能對她亂來！要是敢隨便玩玩就拋棄她，還是讓她哭泣，對她做出傷天害理的事情，就給我試試看。就算你是我的摯友，也不會放過你。不，正因為你是我的摯友，才要親手制裁你！就算要我揹上前科，也會讓你這個混帳負起責任！」

「我才不會那麼對待她！話說，原來我在你心目中是那種爛人嗎！」

「不，我不那麼認為。可是那種看起來不會做壞事的傢伙，有時候不是反倒很可疑嗎？就跟那種平常總是老實和善的人，一旦生氣起來都特別可怕是一樣的道理。」

「那種情況確實也是存在，不過……我不會那麼做的。就算要我發誓也行。」

「順便告訴你，朱莉就是那種生氣起來特別可怕的人。你最好小心一點。」

「……我會小心的。」

總覺得他的忠告聽起來很有說服力，讓我只能不斷地點頭。

可是，昂好像真的完全不生氣。

反倒覺得他好像心情不錯，而且還有些激動。

如果他不是在開玩笑，也不是在亂說話，而是為小朱莉的幸福感到開心，就算他的這番忠告有些誇張，我身為人生的前輩，也必須隨時提醒自己，絕對不能做出不負責的事情。

「話說，你果然還是我認識的那個求。畢竟是個草食男，其實我不是很擔心……等等！你應該更讓我擔心才對吧！我家朱莉就這麼沒有魅力嗎！」

「你沒事突然亂發脾氣做什麼啦！」

昴大口喝下咖啡歐蕾，彷彿要努力平復自己激動的心情。

情緒不穩定也該有個限度吧……！

（不過，至少在小朱莉考完試之前，我們都只能談遠距離戀愛，應該不可能立刻就有什麼進展。）

小朱莉現在是考生。

暑假結束之後，直到明年初的入學考試為止，她都得全力準備考試。

可以跟小朱莉成為情侶，我真的覺得很開心。但是，絕對不能因為這樣就失去分寸，做出扯她後腿的事情——

「很好！那我這個有女朋友的前輩，就好～心指導一下你這隻菜鳥吧！」

「咦？」

昴突然換上與剛才截然不同的開朗語氣，對我說出這樣的話。

「聽好嘍，現在的你就像是一個從未下廚，卻被要求率領團隊研發全新料理的負責人。」

「這個比喻還真是讓人難以理解……」

「我剛開始的時候也曾經遇到許多困難……像是怎麼稱呼對方是一個問題，兩人走在一起的時候，能不能突然牽對方的手也是個問題，該不該先徵求對方的同意也是個問題！」

昴說得這麼激動，讓我很能體會他的心情。

先不管牽手的問題……確實有些在意，該怎麼稱呼對方這個問題。

雖然早就習慣叫她「小朱莉」，小朱莉也習慣叫我「學長」，但這點應該會最先有所改變吧。

「那我問你，你跟長谷部同學都是怎麼稱呼對方的？」

長谷部菜菜美是昴在大學交到的女朋友，也是我的朋友。

不過，因為我也認識她，所以不是很想知道她不為人知的另一面——

「那還用說嗎？我都叫她『甜心』，她都叫我『親愛的』。」

「…………」

我重新體認到，想要昴認真回答問題本身就是一件蠢事。

「你就算了，我不認為長谷部同學是會說那種話的人。」

「哈哈哈，那是因為你才剛交到女朋友。聽好了，戀愛是會改變一個人的。每次我們獨處的時候，小菜菜美總是……」

唉，昴這傢伙又開始放閃了。

我覺得比起「戀愛是會改變一個人的」，「戀愛是盲目的」這句話用在他身上更為貼切。

仔細想想，自從昴開始跟長谷部同學交往之後，每次只要逮到機會，他就會開始放閃。

不是告訴我他們今天講了多久的電話，就是他們一起去學生餐廳，還有在課堂上四目相對這些事。老實說，那些幾乎都是微不足道的小事，讓我有種「那又如何？」的感覺，以前只覺得很煩人，有時甚至懶得理他，不過——

（這傢伙看起來好像很幸福……）

昴再次說起他跟長谷部同學之間的事情，那模樣看起來十分幸福，讓我不忍心潑他冷水。

畢竟我早就知道這傢伙從以前就想交個女朋友了。雖然只能替他加油，無法實際為他做些什麼，但如果只是要聽他放閃，或許是我身為朋友該做的事情。

我會變得有辦法這麼想，應該是因為自己也終於交到女朋友了吧。

「怎麼了?求，你在偷笑什麼？」

「咦?我有在偷笑嗎？」

「不是很明顯，大概只有我這個摯友看得出來……等等！你該不會是在妄想今後要和朱莉做的事情，才會在那邊偷笑吧！」

「我才沒在想那種事呢！」

聽到昴這樣誣賴，我立刻加以否認。

才剛稍微能體會他的心情，他就立刻這樣回報我！

不過，看到昴還是沒有改變，也讓我暗自鬆了口氣。

要是因為跟小朱莉開始交往，讓我失去從高中入學就混在一起的朋友……我應該會難以承受那樣的痛苦吧。

畢竟他擺出現在這種態度，可能只是不想讓我為難，就算不是這樣，我也確實因此得到了救贖。

他這種貼心的地方，確實跟小朱莉很像。

這個優點讓我發自內心感到尊敬，也覺得跟他在一起很自在。

「總之，只要你遇到不懂的事情，隨時都可以找我商量。畢竟我是比你更早交到女朋友的前輩，更是比你還要了解朱莉的**大哥**。」

「嗯，要是我有什麼問題，到時候就麻煩你了——等等，你剛才那句話是不是有點怪怪的……？」

「哈哈哈！你想太多啦！」

昴笑著這樣應付我，讓我覺得話語中別有深意。

每次他有這種反應的時候，腦袋裡總是在盤算著不好的事情，幾乎都是又在想辦法要捉弄我。

不過，要是繼續追究下去，也經常會變成自掘墳墓。

我無奈地嘆了口氣，只能配合他露出苦笑。

「事情就是這樣……求，你要說的話都說完了吧？」

「咦？對，說完了。」

「那接下來就輪到我了！」

「咦？」

「你在這裡等～我一下！」

說完話的昴猛然起身，快步走向櫃檯。

我等了他幾分鐘之後——

「讓你久等了！」

「喂，昴你到底想做……什麼……」

昴重新回到座位，手上拿著追加的咖啡歐蕾。

然而，杯子的容量不太對勁。

那不是我剛才買的中杯咖啡，而是容量更大的大杯咖啡。不對，這說不定是特大杯……！

「還有，這個也給你。這些當然都是我請的！」

因為這杯咖啡歐蕾太過巨大，讓我一時之間沒注意到，他還買了餅乾、司康與三明治回來。

他把大量食物擺在桌上，一副打算在這裡坐很久的樣子……

「求，可以問你一個問題嗎？」

「你、你想問什麼……？」

「那還用說嗎！當然是你到底喜歡上朱莉的哪些地方！」

「咦！」

他該不會就是為了問這個，才會去買這杯咖啡歐蕾，還有這堆食物……？

「你總算發現了嗎！我已經不是在問話，而是在審問犯人了！」

「你、你說什麼！」

看來昴好像才剛準備進入正題。

不過，只要想到他有多麼溺愛妹妹，剛才那樣反倒算是太過安分了。

輪到我說話的時候，他就故意順著我的意思，輪到他說話的時候，他就堵住我的退路。這就是他的如意算盤。

「話說回來，你不覺得這樣買太多了嗎？」

「嘿嘿嘿……如果是要聊朱莉的事，不管準備多少食物，都不夠我們吃吧……！」

話雖如此，我的錢包確實受了重傷……」

「畢竟這種地方的東西都意外地貴呢。」

我有點想看看收據，又有點不太想看看。不過，他都說要請客了。這次就給他一點面子吧。嗯。

「事情就是這樣，你今天別想給我逃走。我要澈底慢慢告訴你朱莉的可愛之處！首先是……對了，那是在我國小五年級的夏天發生的事情！」

「原來是你要說嗎……」

這樣我還需要回答他原本的問題嗎？不過，如果不需要回答，其實我也沒差。

「哎呀，當時我感冒了，結果朱莉擔心得要死。直到那時我才體認到，這傢伙實在不能沒有我這個哥哥。」

……唉，其實我也並非不願意聽他說這些話。

於是就這樣聽著昴說話，喝了一口特大杯的咖啡歐蕾。

◇◇◇

當天晚上——

『這樣啊……已經告訴我哥了嗎？』

「是啊。沒有先徵求妳的同意，我也覺得很抱歉，但認為自己應該這麼做。」

我把今天早上……不，是直到下午都在跟昴聊天的事情，統統告訴小朱莉了。

當然了，完全省略掉昴後來說的那些話。

『不，我認為學長說得很對。反正他遲早都會知道，而且他其實很會記恨，早點告訴他才不會有麻煩。』

「啊哈哈……」

從電話另一頭傳來的這些話，不知為何讓我很能體會。

雖然小朱莉的說法讓我深有同感，但她被昴戲弄的次數應該遠遠多過我吧。

「不過，我相信昴應該不會做出給妳添麻煩的事情。」

『你放心。自從認識學長之後，他就開始變得沒那麼黏我這個妹妹了。』

「是這樣嗎？」

在我的印象中，就算說得客氣一些，昴也是個極度溺愛妹妹的傢伙，然而她身為受到溺愛的那一方，或許並不這麼認為吧。

『……學長，有件事我必須提醒你！』

「什麼事？」

『現在我才是你的女朋友喔！』

小朱莉有些心急地這麼強調。

『我從以前就覺得他怎麼可以把我丟在一邊，只顧著自己跟求學長打好關係！還為了這件事嫉妒到不行呢！』

「原、原來還有這種事。」

『……說到這件事，就讓我想起暫時無法與學長見面的事情了……！嗚嗚～！』

聽到電話的另一頭傳來拍打東西的聲音。

我猜她應該正躺在床上滾來滾去吧。

因為我們同居了一個月，讓我就算隔著電話，也能在腦海中清楚描繪出她現在的模樣，總覺得有點想笑。

『學長，難道你都不覺得寂寞嗎……這麼可愛的女朋友……』

啊，她害羞了。

『就是……那個……』

「呵呵。」

這種反應實在很有她的風格，我覺得非常可愛，忍不住笑了出來。

『討厭！不要這樣笑我啦～！』

聽到小朱莉這樣抗議，總覺得她彷彿就在眼前。

我為了獨自居住而租下的這個房間，早就不是我一個人的家了。

這裡充滿我跟小朱莉之間的回憶，再也無法抹滅。

（早在會認真這麼想的時候，就代表我也感到寂寞了吧。）

沒想過自己竟然會變成這樣。

看來我也沒資格嘲笑昴了。

『學長，你有在聽嗎～？』

「啊，抱歉。妳剛才說了什麼？」

『真是的，拜託你專心一點啦。雖然我也很喜歡你發呆的樣子就是了。』

小朱莉有一瞬間給我像是在鬧彆扭的感覺，但她很快就羞怯地笑了出來。

總覺得她這種反應跟昴放閃的時候有點像，真不愧是兄妹。

『不過，你會發呆也很正常。畢竟還在放暑假不是嗎？』

「是啊，大學好像會放假到九月底的樣子。」

『真教人羡慕。我現在只能忙著準備考試……啊啊啊啊！』

「哇！」

她突然大叫，讓我忍不住把手機從耳朵旁邊拿開。

「小朱莉，妳那邊發生什麼事了！」

『對不起，我只是想起一件討厭的事情……』

「討厭的事情？」

『……想知道嗎？』

小朱莉怯怯地這麼問我，一副準備要說鬼故事的樣子。

因為她如此向我確認，讓我也變得莫名緊張，發出吞下口水的聲音。

「呃……嗯。」

『真的想知道……？』

「是、是啊，我真的想知道。」

話雖如此，我都已經知道這麼多，也不可能不繼續聽下去。若她是真的很煩惱，那就更不用說了。

『…………我明白了。』

小朱莉停頓了一段時間後，才終於願意說出她的煩惱。

『其實……我在暑假最後那段時間，不是在學長那邊參加了模擬考嗎？』

「是啊。」

『我收到成績單了……結果考得很糟糕！』

「咦，原來如此…………不會吧！」

有一瞬間還覺得這件事沒有想像中嚴重，但仔細想想就會發現，這件事根本就嚴重到不行！

「那不是整個暑假期間最重要的模擬考嗎……？如果考得很差，不就表示……」

她在暑假期間被其他考生拉開差距了嗎？

而那個從她身上奪走讀書時間的犯人就是我——

「對、對不起！」

突然感到一股寒意。

要是因為我的緣故，害小朱莉未來變得一團糟，我肯定會後悔到不行！

『學、學長，這不是你的錯！我只是有些不夠小心！』

雖然小朱莉慌張地這麼更正，還是聽得出她的聲音很沒精神。

事實上，她本人受到的打擊肯定比我還要大。畢竟她說過自己的成績一直都是A級，要是在暑假結束之後降級，肯定會對心理層面造成影響。

『而且跟學長一起度過的時間，對我來說真的很有意義！就算沒能順利考上大學，變成重考生……即便聽到神明大人說可以回到過去，我也絕對還會再去你家！』

她、她說得還真是堅定！

小朱莉大聲如此說道，一副要把剛才那種鬱悶一掃而空的樣子。

『我有種受到當頭棒喝的感覺！畢竟是個考生，必須努力準備考試才行！我心裡的鬥志已經被點燃了！』

然後她使勁握拳，眼神中燃燒著火焰——我是說，她用類似的語氣如此宣言。

既然她已充滿鬥志，那我也沒資格多說什麼了。

這讓我覺得她很可靠，但也感到有些寂寞。

「不過說得也是，妳確實必須專心準備考試呢……」

『咦？你這麼說是什麼意思？』

「喔，沒什麼——」

『學長，你都要我說實話了，自己怎麼可以選擇隱瞞呢？』

「妳誤會了，那也不是什麼需要隱瞞的事情。」

『你明顯有事情瞞著我吧？太過分了。想不到你竟然有事瞞著我。我明明是你的女朋友……我是學長的女朋友了耶……欸嘿嘿……』

她剛才明明還一副要打破沙鍋問到底的樣子，結果竟然莫名其妙開始偷笑了！

雖然這當然讓我覺得很開心，但她這麼容易受到動搖，還是有種自己在扯她後腿的感覺。

想到這裡我就覺得還是別告訴她比較好，然而這樣應該只會讓她一直掛念著這件事情。

「知道了。那我就告訴妳吧。其實這真的不是什麼大事……」

『這不就是要說大事之前的開場白嗎？』

「不，這真的不是什麼大事，就只是我父母要我在九月回老家一趟罷了。」

『原來你是要回老家啊……你說什麼！』

小朱莉大吃一驚。

『既然說要回老家……就是這次換學長要回到這邊的意思對吧！』

「妳的語氣好像變得有點奇怪……不過確實就是這個意思。」

『原來你要回老家了。也就是說……！』

小朱莉的聲音突然流露笑意。

我很清楚她現在的表情與想法。

應該說這實在太好猜了！

「……不行喔。」

『咦！』

小朱莉還沒說出那句話，我就搶先一步這麼提醒她。

「小朱莉，妳現在可是考生。雖然我可能沒資格這麼說，但既然妳的模擬考成績不夠好，就必須更加專心讀書才行。」

『嗚……』

老實說，我也曾經覺得只要回去老家，說不定就有機會見到小朱莉。

不過，現在真的是小朱莉人生中的重要時期。

我這個人生的前輩可不能做壞榜樣。

「我也不想打擾妳念書。」

『我一點都不覺得你會打擾……但是，我明白了。』

「抱歉。不過也就只有這段時期比較難熬。我會支持妳的。加油喔。」

『謝謝學長。只要有你幫忙打氣，就讓我覺得自己充滿幹勁！』

小朱莉的聲音裡完全沒有悲壯感，讓我終於鬆了口氣。

她是個優秀的女孩。就算稍微有所鬆懈，應該也能立刻重新上緊發條，找回原本的好成績才對。

『啊，可是……那個……如果學長說要幫我打氣，那我可以提出一個任性的要求嗎？』

「任性的要求？」

『如果我能在下次的模擬考重新取得好成績……希望能給我獎勵！』

小朱莉順勢對我提出這樣的要求。

雖然有點被小朱莉嚇到，但這種要求確實很有她的風格。

「嗯，我答應妳。」

我想也不想就點頭答應了。

如果這樣可以幫小朱莉提起幹勁，那我也沒理由不答應。

『真的可以嗎！那我該來想想要許什麼願望呢～！』

「麻、麻煩妳選個不超過我能力範圍的願望。」

『當然沒問題。因為我也不想讓你為難！』

聽她說得這麼有信心，反倒讓我感到不安……唉，現在還是別在意這個吧。

『還有就是，如果我能順利考上大學，可要好好獎勵我喔！』

「啊哈哈……沒問題，到時候請務必讓我這麼做。」

『唔！好耶！這可是你說的喔！』

小朱莉在電話的另一頭大肆慶祝。

看到她這麼期待的樣子，就讓我擔心自己能不能滿足她的要求……不對，不能讓她發現我有這樣的擔憂。

我努力壓抑心中的不安，逼自己打起精神，免得讓她再次察覺不對勁。

『我現在突然充滿幹勁！事情就是這樣，我要準備去拚命用功了！』

「嗯，那就改天再聊吧。要保重身體喔。」

『我會的。學長也要保重喔！』

互相道別後，我掛斷電話。

聽不見她的聲音後，房間裡再次安靜下來，讓我感到有些寂寞……

（總之，為了能夠盡全力犒賞小朱莉，我也必須趁現在做好準備。）

至於具體的作法，也只有努力打工存錢了。

再來就是……跟昴一樣去考張駕照吧。

我也不能白白浪費時間，免得再次跟小朱莉見面的時候，讓她對我感到失望。

「……糟糕，我該出門了！」

打工是我少數能做的事情之一，而打工的時間就快到了。

於是趕緊拿起包包，踩著比平時輕快許多的步伐衝出房間。

第2話
關於朋友妹妹跑到我老家這件事

「呼，總算到家了。」

時間來到九月之後，已經過了一個星期。

就算八月結束，夏天的暑氣還是沒完全消退，太陽也發出令人鬱悶的耀眼光芒。

在這種天氣之下，我搭乘電車與新幹線，經過漫長的旅程，終於回到闊別約有半年之久的故鄉。

「想不到只是回到自己老家也會這麼累人呢。」

這可能單純只是長時間移動與悶熱天氣的影響，但主因還是我尚未習慣回到老家這種初次體驗的感覺。

這裡明明是再熟悉不過的故鄉，卻感到莫名懷念。

「啊，對了。他們兩個都還在上班……」

雖然我是頭一次回老家，不過父母都要出門上班，所以白天都不在家。

我並不是期待他們盛大地迎接，要是他們真的那麼做，我應該會覺得很難為情……唉，算了。

「我回來了……」

我用身上的鑰匙打開家門，很自然地說出這句話。

然而，想也知道不可能有人出來應門——

「喵。」

「哇！啊……諾瓦！」

想不到真的有人出來招呼我。

仔細一看，眼熟的黑貓就乖乖坐在玄關。

牠名叫諾瓦。在小學時期來到我家之後，就一直是我最好的朋友。

牠是一隻孟買貓，也是一隻母貓。牠不是很好相處，總是隨心所欲，但又很愛撒嬌，是我心目中最可愛的愛貓。

「妳是出來迎接我嗎？」

我放下行李伸出雙手，諾瓦就輕巧地跳到我懷裡。

然後還用那顆小腦袋在我身上磨蹭，一副很舒服的樣子。

（好、好可愛……！）

牠這種許久不見有如女朋友的撒嬌模樣，讓我不由得感到心動。

我當然沒有忘記這傢伙的存在。

我的手機桌布就是諾瓦，而且每天都會看看牠的照片。

不過，這傢伙相當難以捉摸，有著貓咪特有的自由奔放性格。

當我還住在老家的時候，通常都是由我主動找牠玩，牠會這樣主動來找我玩是很罕見的事情，完全沒料到牠會有這種反應。

「妳該不會一直很想念我吧？」

「喵喵。」

諾瓦發出慵懶的叫聲，聽起來像是肯定，也像是否定。

雖然聽不懂貓語，還是覺得很開心，決定把這叫聲當成肯定的意思。

「總之在老爸跟老媽回來之前，我們就一起在家裡耍廢吧～」

「喵。」

天啊，牠好可愛。真是太可愛了。

我們還住在一起的時候，就覺得牠很可愛了，但現在分隔兩地，更是讓我有這種感覺。

「喵喵……」

諾瓦就這樣讓我抱著，慵懶地把臉埋進我的脖子。

突然想起獨自住在外面時，曾經看過別人「吸貓」的影片。

因為現在是我被貓吸，所以這樣應該算是「吸人」吧？

不知道這種行為對貓咪是否有益處，但我還記得諾瓦會在半夜偷偷溜到我床上，所以這可能是牠喜歡做的事情吧。

「妳就盡情吸個過癮吧。」

為了避免刺激到牠，我溫柔地輕撫牠的背部，小聲這麼說道。

我不在老家的這段期間，牠一直沒有機會吸我，現在就讓牠盡情撒嬌吧。

就這樣抱著諾瓦，走進自己以前的房間。

儘管我早就開始獨自生活，這個房間還是保持原本的樣子，而且打掃得很乾淨。

棉被也非常鬆軟……真的萬分感激。

我立刻打開冷氣，沉浸在這股涼風之中——

「喵。」

「啊，諾瓦！」

諾瓦從我手上跳了下去，踩著輕快的步伐跳到床上。

然後大大地打了個呵欠，尾巴也左右搖個不停。

「妳是想要跟我一起睡午覺嗎？」

「喵喵～」

「哈哈，這答覆還真是讓人提不起勁。」

牠明明是個高高在上，而且總是任意妄為的傢伙，但許久不曾見面之後，好像變得乖巧多了。

不過牠好像真的很想睡，該不會是因為我要回來讓牠太過開心，結果昨天興奮得睡不著覺了吧……？

（我這樣是不是想得太美好了？）

我忍不住如此自嘲，同時換上居家服。

然後輕輕撫摸喵喵叫個不停的諾瓦那顆小腦袋，就這樣往床上一躺。

有種很懷念的感覺，卻又覺得非常安心……因為旅途累積的疲累，讓我覺得自己很快就能睡著。

「喵。」

「嗚哇！諾瓦！」

才剛躺下來，諾瓦就跳到我臉上。

「妳這傢伙……不想讓我睡覺是吧！」

「喵喵～♪」

「呃，這傢伙竟然叫得這麼開心。」

總覺得牠看起來好像在笑。

真是的，竟然捉弄我這個許久不曾回家的飼主。

不過，我不可能做出真的會惹諾瓦不開心的反擊，早在我們互相對峙的那一刻，就確定是我輸了。

其實應該是我被牠耍著玩，但我完全不覺得反感。

忙著陪諾瓦玩耍的時候，睡意也不可思議地愈來愈強烈。

這應該是因為在我躺下來的時候，旅途中累積的疲勞也一口氣向我襲來了吧。

「諾瓦，抱歉。我可能要睡一下……」

雖然對好像還沒玩夠的諾瓦不太好意思，但我也才剛回到老家。

還會待在這裡好一段時間……正當我不再抗拒這股睡意時——

——叮咚。

「嗯……？」

聽到家裡的門鈴聲響起。

誰啊？難道是快遞員嗎？

老爸跟老媽都不在家，只能由我去開門了，可是……

（不行了，好想睡……雖然對不起人家，還是請他改天再送過來吧……）

我輸給睡魔，就這樣昏昏沉沉地進入夢鄉——

「喵。」

——啪！

諾瓦竟然賞了我一巴掌！

「嗚……！諾、諾瓦！」

「喵喵。」

「好痛……夠了，知道了啦！」

可惡，這傢伙竟然打得這麼開心……！

不過，如果要論誰對誰錯，諾瓦確實才是對的。

剛好睡意全消，就起床出去應門吧。

「諾瓦，妳在這裡等我一下。」

「喵。」

我放下諾瓦走出房間，然後走向玄關。

雖然還穿著居家服，但應該也無所謂了。畢竟繼續讓人家等也不太好意思。

「來了。」

我打開玄關的大門，然後才發現自己忘記使用對講機，直接就開門出來了。

（話說，之前好像也曾經發生過這種事……）

就在我漫不經心地這樣想著時——

「學、學長好……」

「……咦？」

門外站著一位少女。

柔順的黑色長髮隨風飄舞，睫毛很長的大眼睛也眨個不停……但她臉上掛著與那天不一樣的表情，看起來好像有些尷尬。

「小朱莉……？」

她就是宮前朱莉。

是我摯友的妹妹，同時也是我的……女朋友。

她好像剛從學校回來，身上穿著在一個月前去我家時的那套水手服。

「呃……那個……對不起。」

「不，妳不需要向我道歉！」

她之所以道歉，應該是因為我們早就在電話裡講好，不要在我回老家時碰面，而她卻違背了這個約定。

不過，其實她在我回老家的第一天就過來，還是讓我相當驚訝。

「話說，妳怎麼會來這裡？早就知道我家的住址了嗎？」

「不，我不知道。只是……呃……」

小朱莉似乎覺得很尷尬，眼神也到處亂飄。

看來這件事的背後另有隱情。

而且我們都已經在電話裡講好了，實在不認為小朱莉還會主動來找我。

肯定有人告訴她我老家的住址，還鼓勵她來找我……

（犯人不是昴就是結愛姊……不對，我知道還有個顯然最有嫌疑的傢伙。）

我定睛一看才發現，有個蠢蛋想要躲在暗處，但那頭長髮的尾端還是不小心露了出來。

「實璃，我就知道是妳。」

「嘖！」

那頭長髮先是抖動了一下——然後實璃才無奈地走出來。

「你發現得也未免太快了吧？」

實璃毫不掩飾地嘆了口氣。

她看起來毫無反省之意。

「妳啊……拜託別做這種給小朱莉添麻煩的事情。」

「哇，男友大人生氣了耶。那你怎麼不給重逢的女友一個抱抱或親親？」

「親親……！小、小璃！」

「算了，看樣子妳應該也承受不住吧。」

實璃無奈地聳聳肩膀，從小朱莉跟我之間走過去，擅自踏進我家。

「喂，妳這樣太隨便了吧？」

「嗯？……哦，打擾了喔。」

「不，我不是這個意思。」

原本是想要教訓一下沒得到屋主同意就擅自跑進別人家裡的實璃，但她當然不可能會怕我。

「借一下廁所。」

「……請便。」

我現在突然有種真的回到老家的感覺了。

雖然被實璃任性的行為耍得團團轉讓我有些不滿，但這種事也不是頭一次發生，早就習以為常了。

「真是的……小朱莉，妳也進來吧。」

「真、真的可以嗎？」

「嗯，反正妳人都來到這裡了。」

雖然小朱莉還要準備考試，讓我覺得自己應該狠下心來比較好，但我還是無法在這種大熱天把她趕走，而且實璃都已經進來了……既然事情變成這樣，那也只能順其自然了。

「這、這裡就是學長的老家……！」

「我父母都不在家，妳不需要那麼緊張。」

「兩人獨處……！」

「不，還有實璃也在喔。」

小朱莉一臉陶醉地這麼說，讓我忍不住冷靜地吐槽。

當我們說著這些話的時候，先一步進到家裡的實璃又回來了。

「朱莉，妳要在那裡罰站到什麼時候？快點進來吧。」

「妳這傢伙啊……」

「沒差吧，反正你也很久沒回來了不是嗎？放輕鬆點啦。」

「妳怎麼有辦法說得像是在為我著想一樣？」

實璃完全無視我的怨言，就這樣抓住小朱莉的手。

「小、小璃～」

「順便告訴你，求哥的房間在二樓。」

「學長的房間！」

「那可是求哥從出生到高中畢業都在使用的房間。」

「學長從小使用的房間……！」

「妳竟然這麼簡單就被她拐走了！」

面對實璃的誘惑，小朱莉的眼睛亮了起來。

「妳、妳們先進來客廳再說吧。」

因為覺得就這樣把她們帶到房間會有危險（主要是因為實璃的緣故），便決定先把她們帶到客廳。

（家裡應該還有麥茶吧？希望冰箱不要是空的……！）

因為我才剛回來，還不清楚家裡有什麼東西，但還是快步走向廚房，準備找點能招待她們的東西。

◇◇◇

「來，請用吧。」

我心懷感激地從冰箱裡拿出裝著麥茶的瓶子，然後把兩個玻璃杯擺在桌上。

「謝謝學長。」

「嗯～」

前者是小朱莉，後者是實璃。

光是客人的反應稍有不同，給主人的感覺就會完全不一樣。如果以後有人拿東西出來招待，我一定要好好道謝才行。

「啊，好好喝喔……」

喝了一口麥茶之後，小朱莉猛然抬起頭來，驚訝地睜大眼睛。

那杯麥茶當然是特別為她準備的。那是我經過一個月的學習，配合她的喜好調整過濃度的加糖麥茶。

「呵呵。」

看著她開心微笑的樣子，我也跟著揚起嘴角。

看著我們兩人的反應，實璃無奈地嘆了口氣。

「你們兩個竟然故意放閃給我看……」

「我沒有那個意思。對了實璃，妳早就知道我今天要回來了嗎？」

「對啊，是阿姨告訴我的。」

我早就猜到會是這樣，老媽實在太多嘴了。

「我想要來找你玩，結果朱莉就說她也要跟來。」

「這又不能怪我……」

小朱莉嘟著嘴巴鬧彆扭。

我猜實璃就算沒有直接邀請小朱莉，應該也有故意說話引誘她，讓她主動說要跟著過來。

很輕易就能想像那個畫面。這是因為實璃的腦袋夠聰明，也是因為小朱莉就是這麼好懂。

「不過，不光是小朱莉，妳這段時期也得準備考試吧？就算妳說要以推甄入學為目標，但也不是百分之百會通過。為了以防萬一，最好還是……」

「如果真的落榜了，我到時候就會用功讀書，所以這不成問題。」

「這樣應該不能算是不成問題吧？」

「什麼意思?求哥覺得我推甄會落榜嗎？」

「不是那個意思……我是說凡事都有個萬一。因為我知道妳是那種只要肯做就做得到的人。」

「嗚哇，這種說法還真是討厭。」

「這是事實不是嗎？」

「正確來說，我是那種**只要想做**就做得到的人。」

這傢伙還真是堅持……

實璃揚起嘴角，一副故意要挑釁我的樣子。

不過，這傢伙確實沒有說錯，她應該不需要我操心才對。

「嗚……」

「咦?小朱莉，我怎麼覺得妳好像在瞪我……？」

「哼……！」

她使勁地別過臉去，而且不知為何還鼓起臉頰。

「朱莉，妳是不是吃醋了？」

「我才沒有。早就知道你們兩個感情很好了。就算你們兩個聊得很開心，完全無視於我的存在，我也一——點都不在意。」

……看來她好像真的吃醋了。

「求哥，你這樣不行喔。竟然把女朋友晾在一邊，只顧著對其他女孩獻殷勤。」

「妳別想置身事外。還有，我才沒有對妳獻殷勤。」

「哼……！」

「啊……」

小朱莉變得更不開心了……應該說，她好像只是希望我們跟她說話……？

「對了，小朱莉。妳考試準備得還順利嗎？」

「還行啦。」

她現在完全就是在賭氣。

每次遇到這種情況，小朱莉總是相當頑固。

光靠我跟實璃這兩個惹她不開心的犯人，她應該不會輕易息怒吧。

看來這會是一場長期戰……

「喵。」

不知道是因為覺得我們很吵，還是因為我太久沒有回去，讓牠失去了耐性。

諾瓦發出慵懶的叫聲走進客廳。

「有貓咪耶！」

小朱莉最先做出反應。
她整個人在原地跳起來，像是發現獵物的肉食性野獸般衝了過去——
「……啊！」
就在即將抱住諾瓦之前，她突然停下腳步。
「這、這是……那個……！」
小朱莉慢慢轉過身來，動作僵硬到彷彿能聽到金屬摩擦的聲響。
她想要抱住貓咪，但剛才還擺出那種絕不認輸的態度，結果馬上就放棄堅持，讓她覺得很難為情。
我很能體會這兩個互相衝突的願望，讓她的內心有多麼糾結。
不過，嗯……關於後面那個願望，其實我覺得她不需要太過堅持。
「嗚嗚嗚……！」
小朱莉現在心裡超級糾結，連我這個旁觀者都為她感到擔心。
諾瓦毫不在意地從她旁邊走過去，朝著我走過來。
「哇～諾亞。好久不見。」
就在諾瓦來到我面前的前一刻，實璃從旁邊抓住了牠。
「喵喵！」

「喂，不要亂動啦。我們很久沒見面了，見到我讓妳很開心是嗎～？」

諾瓦發出不耐煩的叫聲，實璃還是很順手地把牠抱起來。

她們兩個的關係絕對不算差……但還是每次都得上演這樣的戲碼。

「小、小貓咪……」

小朱莉用羨慕的眼神看著實璃。

看來她早就放棄堅持了。諾瓦，幹得漂亮。

「小、小璃，也讓我抱一下——」

「哇……諾亞跑掉了。」

諾瓦靈活地扭轉身體，從實璃的懷抱裡鑽了出來。

「啊啊……」

小朱莉再次錯失機會，失望地垂下肩膀。

重獲自由之後，諾瓦跑到我面前，用前腳輕輕抓了抓我的小腿。

看來這是要我陪牠玩的意思。

「嗚嗚……」

小朱莉還沒死心，雙眼依然盯著諾瓦。

雖然她看起來有點可憐，但諾瓦可不是那種會顧慮人類心情的貓咪。

（對了！）

我把諾瓦抱起來。

牠立刻變得完全放鬆，跟被實璃抱著的時候不一樣。

很好，現在這樣應該沒問題才對。

「小朱莉。」

「咦？」

「這傢伙有點難搞，但如果妳只是要摸摸牠，應該還不成問題。」

「真的可以摸嗎！」

「嗯，要溫柔點喔。」

「我、我會的……！」

小朱莉緊張地點了點頭，同時怯怯地朝著諾瓦伸出自己的手。

雖然連我這個在旁邊看的人好像都要跟著緊張起來了，不過要是讓諾瓦發現我很緊張，牠應該也會無法保持平靜，因此只能拚命保持平常心。

「那我要摸了……呀啊！」

小朱莉先用手指輕輕碰觸諾瓦的頭。

至於諾瓦的反應……嗯，牠好像不是很在意。

「牠、牠的毛很好摸耶。」

小朱莉說出極為正常的感想，繼續不斷用手指碰觸諾瓦的頭。

也許是因為諾瓦毫無反應，讓她變得不再緊張，於是便改用手掌直接撫摸。

「牠好溫暖喔……！」

「喵喵～」

「哇，我是不是讓牠很癢？」

諾瓦明明只是打個呵欠，就讓小朱莉嚇得整個人抖了一下。

「難不成妳是第一次跟貓咪玩嗎？」

「我、我不是第一次跟貓咪玩喔！只是，我沒有家裡養寵物的朋友……所以跟動物玩的經驗不是很多……」

小朱莉略顯不安地這麼告訴我。

她之所以表現出有些害怕的樣子，可能是因為擔心我搶走諾瓦，不讓她這個缺乏經驗的人撫摸，但也可能是因為對寵物懷有特別的情感。

（這麼說來，她好像也很關心那兩條在煙火大會撈到的金魚。）

當我跟小朱莉聯絡的時候，她也經常問起那兩條金魚的近況。

不是問我「牠們游泳的時候有沒有活力？」就是「我也想要親自餵牠們」。

仔細想想，諾瓦剛來到我們家的時候，面對這隻遠比自己嬌小的生物，我也很擔心自己會不小心傷害到牠。

這讓我感到有些懷念，也對她的溫柔感到開心。

「放心吧。」

「學長……」

「諾瓦是一隻覺得不高興就會明確表現出來的貓咪。小朱莉，妳不需要太過在意牠的反應。」

為了盡可能讓小朱莉感到放心，我溫柔地這麼說道。

諾瓦現在只是有點想睡覺。

雖然牠平常想睡覺的時候，心情很容易變得不好，但牠在我懷裡打瞌睡的時候，就會很不可思議地放下戒心。

小朱莉默默注視著諾瓦，再次伸出手。

然後，她像是要碰觸易碎物品一樣，溫柔地用手掌撫摸諾瓦的小腦袋。

「喵喵……」

「牠好像很舒服的樣子……是這樣嗎？」

「嗯，牠現在完全放鬆了。」

「那就好……呵呵。」

也許是感到放心了，小朱莉露出微笑，繼續撫摸諾瓦的頭。

她好像澈底著迷於貓咪特有的魔力了。

不管是貓咪還是小狗，只要撫摸動物，就會讓人有種得到癒療的感覺。

畢竟牠們摸起來又鬆又軟……我當初也很煩惱該不該帶諾瓦去獨自居住的套房。

不過，如果我連獨居生活都還不是很習慣就養寵物，應該也只會給諾瓦添麻煩，

而且現在還多了金魚這種不適合與貓同居的新室友，所以絕對不可能帶牠過去了。

順帶一提，這次為了回老家一趟，我還暫時把金魚寄放在結愛姊那邊。

比起讓我照顧，牠們現在肯定過得更快活吧。

雖然結愛姊露出非常燦爛的笑容，對我說「這樣你就欠我三次人情了喔♪」……

但我還是不明白她是怎麼算的。

（……奇怪？怎麼會這麼安靜？）

突然想起這裡還有另一個人。

而且還是一個自由奔放，根本不可能乖乖閉嘴的傢伙——

「…………」

「妳在做什麼？」

那傢伙——櫻井實璃用手機的背面對準我們，定睛注視著螢幕。

「……不用管我，你們兩個繼續吧。」

「不，妳這樣讓我很在意。」

「小璃，妳該不會……是在錄影吧？」

「既然被妳發現，那就沒辦法了。」

實璃嘆口氣後，輕輕點了一下手機螢幕。

我聽到「砰咚」一聲。看來那應該是停止錄影的音效。

「我看你們兩個的氣氛很不錯，才會想要拍下來做紀念。」

「氣氛不錯？」

「是啊，感覺就像是一對在照顧剛出生小寶寶的夫妻。」

「咦？」

實璃亮出自己的手機螢幕給我們看，如果把諾瓦當成小寶寶，畫面中的我們確實很有那種感覺。

「小小小璃，妳在亂說什麼啦！」

「我要在你們兩人的婚宴上播放這段影片，然後加上『兩位新人期盼未來能有愛情的結晶，才會拿愛貓來練習怎麼照顧嬰兒』這樣的旁白。」

「妳這根本就是在瞎掰吧！」

我忍不住大聲吐槽，懷裡的諾瓦嚇了一跳，從我的手臂上跳走了。

「不管現場的實際情況到底是如何，婚宴上的每個人都會相信我的話。」

「等等，光是妳說的婚宴這件事，就已經想得太遠了。」

「就、就是說啊！小璃，妳這樣太心急了啦……」

「咦～連朱莉都要說那種話嗎？那就沒辦法了。我本來還想說晚點要把這部影片傳給妳——」

「我要！拜託妳把影片傳給我！」

小朱莉立刻低頭懇求。

感覺得到她那股無論如何都想得到影片的強烈意志……！

然後，諾瓦看著小朱莉拚命的模樣，畏懼地躲到我身後。

（啊，諾瓦該不會是認定她不好相處了吧……？）

雖然隱約有這種感覺，但小朱莉知道這件事絕對會很失望，所以我決定把這個祕密藏在心裡。

◇◇◇

「事情就是這樣。求哥，我以後會經常來你家玩喔。」

我們折騰了好一陣子，總算可以坐下來之後，實璃鄭重其事地這麼說道。

聽說實璃昨天參加推甄入學的考試，至少在放榜之前都無事可做。

換句話說，這傢伙口中的「經常」，就是「幾乎每天」的意思。

而遇到這種情況……我身旁的女朋友當然不會保持沉默。

「既然小璃要來，我當然也要來！」

小朱莉使勁拍打桌子，自暴自棄地大聲說道。

「可、可是……小朱莉，那妳要怎麼讀書？」

「當然是在你家裡讀啊。」

「但是，這不就是妳成績退步的原因嗎……」

「嗚……！可、可是，我不能眼睜睜看著小璃跟你單獨相處！」

小朱莉鼓起臉頰鬧彆扭。

「我是學長的女朋友。雖然暑假結束了，但我還有機會像這樣陪在你身邊……可是，你卻要我放棄這個機會，這樣實在太過分了！」

小朱莉激動地如此說道，眼角還微微泛著淚光。

她就是這麼喜歡我，才會說得那麼激動，讓我這個男朋友非常感動，也覺得很開心，但我不確定自己能否為此感到高興。

要是在八月結束之後，連九月都讓她把時間用在我身上，結果造成無法挽回的後果的話——

「那我有個提議。」

「小璃！」

「在求哥回去之前，我會負責準備政央學院的考古題給妳挑戰，而最後的成績就是妳這個夏天的成果。」

「我懂了……因為挑戰考古題得到好成績，比起在模擬考得到好成績，還要更有機會考上對吧！」

「當然了，妳不可以事先去找考古題與解答來看。不過，我想妳應該也不會做出那種卑鄙的事情。」

「我絕對不會那麼做的！」

呃～雖然只有她們兩個在討論，但她們現在就是想要確認小朱莉的成績沒有退步，而且是否有回到原本的水準，才會準備為此做個測驗。

這個提議聽起來還不錯。有個明確的目標，小朱莉應該也能更為投入，如果她能得到好成績，我也能夠放心。

「只不過，要是妳無法達成目標，就得接受懲罰喔。」

「咦！」

「這不是當然的嗎？高三的大學考試本來就是一試定生死。如果妳不想重考，就得認真拚命讀書才行。」

妳這個在推甄入學考試的成績出來之前，完全不打算認真讀書的傢伙，有資格說這種話嗎？

「那、那妳說的懲罰到底是什麼……？」

「讓我想想……」

實璃用手指抵著下巴，稍微煩惱了一下之後——突然露出得意洋洋的表情，一副擺明在打壞主意的樣子。

「這種事到時候才揭曉是不是比較可怕？」

「這、這樣確實比較可怕……！」

「那我就先不說出來。不過，相信妳一定沒問題的。」

「怎麼覺得妳好像不是真心這麼認為！」

換句話說，她似乎打算先不揭曉懲罰的內容。

我猜她應該是想到相當狠毒的懲罰，不然就是根本完全沒想到吧。

「當然了，如果妳能順利達成標準，我也已經想好該給妳什麼獎勵了。」

「竟然還有獎勵！」

實璃又補充了這點，而小朱莉的反應比起聽說要受到懲罰時還要大。

糖果勝過了鞭子。對無法抗拒欲望的小朱莉來說，給她獎勵或許比懲罰還有效。

「朱莉，我順便問一下。如果可以知道懲罰與獎勵是什麼，妳想要知道哪一邊的內容？」

「當然是獎勵！」

「竟、竟然毫不猶豫……」

這真的很有小朱莉的風格。

可是，看她期待成這樣，給獎勵的人應該也無法敷衍了事。

不知道實璃到底打算給她什麼獎勵……

「求哥會負責給妳獎勵的。」

「妳竟然把事情丟給我！」

「好耶～！」

沒想到她會把責任統統推給我，忍不住叫了出來。小朱莉則是大聲歡呼。

「妳要我給她獎勵，那我該給她什麼？」

「什麼都行。你自己去想。」

她的語氣變得有些僵硬，但好像沒有要退讓的意思。

要我給小朱莉獎勵啊……

老實說，我也不知道該怎麼做才能滿足她的期待——

「知道了。我會想想看的。」

「真的嗎！」

「不過，妳也要努力讀書才行。」

「我會的！所以……學長，你在家的時候，我可以像這樣來你家玩對吧？」

「嗯，只要我在家，妳當然可以來找我玩。」

畢竟在回老家的這段期間，我還有跟這裡的朋友約好要見面，所以沒辦法讓她每天都過來。

「那我下次想過來的時候，會先跟你聯絡。呵呵，總覺得要來學長家，感覺真是不可思議。」

「是啊。」

雖然我們八月的時候還住在一個屋簷下，情況遠比現在還要誇張，但要我讓她來家裡玩，還是會覺得緊張。

「真是的……你們又進到自己的兩人世界了。」

「啊……小璃，對不起喔。」

「順便說一聲，我也會來這裡監視，看看自己老哥有沒有虧待妳這位好朋友。」

我差點就要開口吐槽她，不過這傢伙應該也只是隨便找個理由，所以最後還是打消了這個念頭。

「對了，叔叔和阿姨是不是快要回來了？」

「是啊，原來已經這麼晚了。」

「什麼！學長的父母要回來了嗎！」

小朱莉整個人跳了起來，開始用雙手梳理自己的頭髮。

然後——

「我、我做不到！」

「咦？」

「要我突然跟學長的父母見面，實在做不到！我需要先做好心理準備，但我現在完全沒有！」

「我覺得妳不需要這樣嚴肅對待他們……」

「就是有這個必要……！」

總覺得小朱莉的臉色有些蒼白。

「因為在他們眼中，我就是個跑去他們在外面獨居的兒子家裡，在不知不覺中開始跟他交往的糟糕女人不是嗎！」

「這種說法……好像有點太難聽了。」

「不過，事實就是如此吧。」

實璃這句話還真是毫不客氣。

「如果要跟學長的父母見面，至少得等我成為值得世人讚揚的大人物……沒錯，可能要先考上大學，在學生時期創業！只用一年就成為上市公司，獲選成為世界百大創投企業，還要受到國家的表揚，成為年薪破億的女社長……」

「這個目標也未免太大了吧！」

要是她真的變成那種大人物，就換我要擔心自己是否有資格跟她交往了！

「嗚嗚……」

「我、我覺得先考上大學這個目標，應該還算合理吧。」

「這樣真的就夠了嗎……？」

老實說，我也不知道正確答案是什麼，但我知道現在就讓她跟我父母見面不太安全……主要是指她的心理狀態。

她眼前明明有許多非做不可的事，要是事情又變得更多，她應該會亂成一團吧。

反正跟我父母打招呼，也不是非得現在就做不可的事……是這樣沒錯吧？

「總之，我覺得今天差不多該告辭了……」

「嗯，我知道了。」

「那我就——」

「小璃，妳當然也要跟我一起回去！」

實璃還沒把話說完，小朱莉就直接抓住她的手腕。

「朱莉，等……！」

「學長再見！不好意思打擾你了！我還會再來的！」

小朱莉拿起書包後，就慌慌張張地拉著實璃離開了。

我知道她這麼做是為了避免撞見我父母，但還是讓我清楚感受到這女孩的超強行動力。

「喵～」

「啊，諾瓦。對不起，妳應該覺得很吵吧？」

諾瓦在自己臉上抓了幾下，一副很認同這句話的樣子。

雖然這段時間可能讓牠覺得很煩，對我來說卻是令人開心的意外。

儘管剛才說了那些話，可以再次跟小朱莉一起相處，還是讓我覺得很開心……嘴角也自然地上揚。

（雖然我這次回老家是出於義務感……看來應該會過得比想像中還要愉快。）

心裡懷著這樣的預感，決定先來安撫這位不開心地用貓貓拳打我的公主殿下，把牠輕輕抱了起來。

第3話

關於朋友妹妹與學妹把我家當聚會所這件事

小朱莉與實璃都是在平日的下午來到我家。

暑假結束之後，她們這些三年級學生就立刻開始全力備考。

她們兩人就讀的明立高中將會在九月底舉辦文化祭，所以這段期間都在做準備工作，下午不需要上課。

不過，因為正在備考的三年級學生不需要參加文化祭，所以很多人都會待在教室或自己家裡自習，不然就是去補習班上課，用各自的作法努力準備考試。

我去年也經歷過那種生活。光是聽到別人說起這個話題，就能清楚回憶起那段再也不想體驗第二次的苦讀日子。

「好吧，那種事與我無關就是了。」

說這句話的人，正是身為高中三年級學生，原本應該也在全力備考的櫻井實璃。

她現在正懶洋洋地躺在我家的沙發上，一派悠閒地舔著冰棒。

「我記得昂當時也說過同樣的話，一直故意在旁邊刺激我。」

雖然我不認為他們倆是同一種人，這種擅長刺激別人的地方倒是頗為相似。

當然了，實璃現在要刺激的對象並不是我——

「嗚嗚嗚……嗚嗚嗚……！」

而是坐在桌子前面，正在跟題庫苦戰的小朱莉。

她們應該是放學後就直接過來了吧。都還穿著制服，把只有我在的這間房子當成聚會的地方。

當然了，小朱莉來這裡是為了努力讀書，準備迎接即將到來的考試。

至於實璃……就只是來這裡耍廢的。

「來～諾亞。我們來玩飛高高吧。」

「喵喵……」

吃完冰棒之後，實璃抓住諾瓦，跟牠玩了起來。

她們初次見面的時候，諾瓦還能擺出一副高冷的姿態，但牠現在早就完全放棄抵抗，只能任憑實璃玩弄了。

牠現在簡直就像是跑到別人家的貓，才會突然就變得乖巧……這裡明明就是牠的主場。

「嗚……」

小朱莉不斷斜眼偷看她們一人一貓玩耍的模樣。

——我也想跟小諾亞變成好朋友！

彷彿能聽見她的心聲。

老實說，小朱莉好像被諾瓦討厭了。

雖然我覺得這是小朱莉的優點，但她那些感情豐富的舉動，似乎讓諾瓦覺得她很可怕。

我知道這是個誤會，也希望她們可以好好相處，然而這應該需要不少時間……

「喵！」

「啊，跑掉了。」

當我坐在小朱莉對面，一邊滑著手機一邊想著這些事情時，諾瓦突然跳到我的大腿上。

「諾亞～不准逃走～」

「喂，實璃！」

實璃追著諾瓦跑來這邊，還直接順勢撲向我！

諾瓦迅速躲到我背後，但實璃直接撲倒在我的大腿上，伸手抓住牠。

「想要從我手中逃走，妳還早得很呢。」

「喵喵……」

諾瓦無奈地嘆了口氣，再次任憑實璃玩弄，而且還是在我的大腿上。

「喂，實璃，妳快點走開啦。」

「咦～反正這又沒什麼。」

「喵。」

「你看吧。諾亞也是這麼說的。」

諾瓦不會是覺得不能只有自己被當成玩具，才會想把我拖下水吧……！

（……這種時候別理她才是對的。要是我隨便做出反應，只會讓她得寸進尺。）

我暗自這麼提醒自己，再次低頭看向手機。

「不理我？既然這樣……那就讓貓咪來吧。」

實璃以靠著我的腳的模樣重新坐好，把我的雙腿當成椅背，然後舉起諾瓦到我的面前。

「喵喵，親愛的主人～不要不理人家啦～」

「妳到底想做什麼？」

「沒什麼特別的意思喵～」

啊啊，這傢伙真是煩死人了！

話雖如此，對方可是諾瓦，我也不能隨便反抗，免得傷害到牠，只能忍耐──

「學長……」

哇啊！

小朱莉已經不是斜眼偷看，而是瞇著眼睛筆直瞪著我們了！

「抱、抱歉！我們是不是吵到妳了……？」

「不是聲音吵不吵的問題。」

她那種刻意壓抑怒火的平靜語氣，讓我感到背脊發涼。

「咦？妳不用讀書了嗎？」

「現在這種狀況，我根本讀不下去吧！」

她發自內心的痛苦呼喊，讓諾瓦嚇得抖了一下。

其實我也被嚇到了──

「這不就是妳不夠專心的證據嗎？」

只有實璃完全不在意，還說出這種像是在挑釁她的話。

「我、我明明就很專心！小璃，這都是妳跟學長打情罵俏害的！」

「……咦？我們沒有在打情罵俏啊？」

「明明就有！不管怎麼看都有！」

實璃疑惑地歪著頭，一副真心聽不懂小朱莉在說什麼的樣子。

應該說……其實我也不是很懂。

畢竟我沒有要跟實璃打情罵俏的意思，她的舉動也讓我覺得很煩人，而且我們從以前就是這樣相處了。

「我從來沒看過妳模仿貓咪向別人撒嬌的樣子。妳根本不是這種女生。」

「嗚……唔！」

實璃竟然退縮了！

不過……她好像真的很少展現這一面。

雖然她上個月去我家的時候沒有展現這種態度，記得她國中時期跟諾瓦玩耍時，好像偶爾會做出那種舉動。

這可能是因為跟諾瓦在一起時，她才能完全放鬆心情吧。

「原來如此，就只有在學長面前，妳才會展現那一面是嗎……？」

「等等。朱莉，妳聽我解釋。」

「順便告訴妳，我手上還握有妳學貓叫的影片喔。」

「妳還拍下來了嗎！」

「要是我不小心把這部影片貼到Line的班級群組裡面……呵呵，妳可能會變得比現在還要受歡迎喔。」

小朱莉說出這句話，臉上露出勝利者的笑容。

她看起來好像沒有生氣，反倒顯得有些開心。

「就、就跟妳說不是那樣了。這是因為……對了，是因為我國中時期常常來求哥家——不對，是陪諾亞玩耍，才會想起那種久違的感覺，根本沒有什麼奇怪的地方。這很正常。任何人都會有這樣的一面。不需要感到難為情，也一點都不罕見。」

「說話的速度明顯變快了……」

「是喔？既然這樣，那就算我讓大家都看看這部影片，應該也沒問題吧～？畢竟這很正常，任何人都會有這樣的一面。我猜大家應該也會這麼想吧～？」

就算聽到實璃慌張地辯解（？）小朱莉也完全不為所動，面帶笑容繼續施壓。

面對著這樣的小朱莉，實璃慢慢別過頭去，但臉上也逐漸冒出冷汗——

「對不起。請妳原諒我吧。」

自己的祕密被人當成把柄，實璃很乾脆地下跪求饒了。

她手上依然抓著諾瓦，像是貢品一樣高高舉起，牠只能發出覺得不舒服的叫聲。

◇◇◇

時間就這樣來到傍晚——

「呼～這樣就算是達成今天的目標了！」

後來又過了一段時間，小朱莉心滿意足地如此說道。

「辛苦了。來，這是妳的麥茶。」

「謝謝學長。咦？小璃呢？」

「她在那邊。」

我指向沙發。

實璃像是在自己家裡一樣，舒服地隨便躺在沙發上睡著了。

「她的睡相原本還沒這麼難看。」

「是這樣嗎？」

「連一分鐘都撐不過就是了。」

「確實很有小璃的風格呢。」

小朱莉露出苦笑，喝了一口麥茶。

「不過，今天能看到小璃可愛的一面，我覺得很滿足。她難得毫無防備，害我忍不住拍了影片。」

「……有點意外耶。」

「咦？」

「原本還以為妳那時候真的生氣了。」

「生氣……？」

小朱莉一臉納悶地歪著頭——但她很快就想到答案了。

「學長，你該不會以為我看到你們兩個那麼要好，就感到嫉妒了吧？」

小朱莉露出不懷好意的笑容。

不對，即便說是不懷好意，但也不是真的懷有惡意，而是給人更天真無邪的溫柔感覺。

總之就是很有小朱莉風格的俏皮笑容。

「這就代表你很在意我的想法對吧！」

「呃……是這樣嗎？」

「就是這樣！」

小朱莉揚起嘴角，露出開心的笑容，一副隨時都會開始哼歌的樣子。

「看到你跟小璃的感情那麼好，我當然會有些嫉妒，但畢竟是你的女朋友，在這種時候更應該保持平常心！」

「妳、妳好成熟……！」

「而且我也不是那種人渣——因為變成你的女朋友，就要好朋友放棄她最重視的關係。」

好朋友最重視的關係……應該是指我跟實璃之間這種像是「兄妹」的關係吧。

先不論我的感覺，雖然不知道實璃有多麼重視這段關係，但她會在我面前做出小朱莉不曾見過的舉動，也會毫無防備地露出睡臉，可見她至少跟我還算親近。

「不過，你們還是要適可而止喔！要是你硬逼我用功讀書，自己卻忙著跟小璃打情罵俏，那就真的沒什麼好說了！」

「我、我會的！」

「我今天也很努力喔！你看，解了這麼多的題目！」

說完，小朱莉把剛才攤開在桌上的筆記本塞到我面前。

她明明只用了一、兩個小時，卻解開了數量極多的題目。答案也全都自己打過分數了，上面畫滿紅色圓圈。

「這可真是了不起……」

「是吧！我就說吧！」

小朱莉突然探出身體，眼睛變得閃閃發亮。

光是看到這個反應，我就猜到她想要什麼，忍不住露出苦笑。

「不是應該等到妳跟實璃打賭贏了之後，才能找我要獎勵嗎？」

「嗚……先給我一點獎勵又沒差！你看，小璃還在睡覺不是嗎！而且大家都說這種事就是要逐步完成那些小目標，才是最好的作法！」

「是這樣嗎？」

「就是這樣！而且……就是想要讓你誇獎我，才會比平時還要努力，要是沒能達成這個心願，我下次可能就提不起幹勁……」

小朱莉把自己的幹勁當成籌碼來威脅我。

不過，如果讓她無法如願得到獎勵而為此感到沮喪失望，反倒才是真正的問題。

「真拿妳沒辦法呢。」

她這副模樣實在很惹人憐愛，讓我不由得輕易認輸了。

於是輕輕嘆了口氣，伸出右手撫摸她的頭。

「小朱莉，妳真的很努力了呢。」

「欸嘿嘿……」

我們當初同居的時候，她就曾經拜託我這麼做了，變成男女朋友之後做這種事，還是讓我感到莫名害羞。

不過，小朱莉看起來好像很開心，一副很幸福的樣子，讓我變得想要再多獎勵她一下——

——砰咚。

「啊！小璃！」

「呵呵，拍到好東西了。」

實璃不知道在什麼時候醒了過來，跟剛才的小朱莉一樣把手機的鏡頭對準我們，露出了奸笑。

看來她早就打算報剛才的一箭之仇了。

真不愧是實璃，絕對不會白白吃虧……

「這可是妳主動拜託男朋友摸頭的影片。呵呵，要是看到這部影片，妳那些粉絲應該會昏倒吧？」

「我才沒有什麼粉絲！不對，妳快刪掉影片啦～！」

「咦～這個我可能還要再考慮一下喔～」

與剛才相比，她們兩人的立場完全反過來，就這樣開始大吵大鬧。

看著她們這麼親密的模樣，突然很想知道小朱莉在學校裡是什麼樣子。

◇◇◇

自從回到老家之後，就這樣過了好幾天。

我不是跟考上大學之前那樣與家人團聚。

就是忙著跟那些還住在這裡，以及跟我一樣回到老家的朋友見面。

覺得自己好像回到過去住在這裡的那段時光。

可是，只要看到還是高中生的小朱莉與實璃穿著水手服來我家玩，就會體認到自己跟她們並不一樣。

即使我們只差了一歲，但就算讓我重新穿上學生服，也只會覺得自己是在玩角色扮演。我也不想穿就是了。

「小諾亞，我這裡有逗貓棒喔。」

「沒用，牠完全不想理妳。」

「為什麼啊～！」

她們兩個正在跟諾瓦玩耍……不，或許該說是跪求諾瓦陪她們玩耍。

雖然諾瓦好像也熟悉小朱莉這個人了，但還是用牠最擅長的高冷姿態，把小朱莉拒之門外。

「嗚……牠明明就很喜歡妳，就是不肯理我。我覺得自己看起來應該比妳還要溫柔啊……」

「與外表無關，這是交情多久的問題。諾亞，我說得對不對？」

實璃有些得意地這麼說，朝著諾瓦輕輕揮了揮手。

「…………」

「喂，不要不理我啦。」

「喵！」

「好痛！」

實璃把手伸過去，想要吸引諾瓦的注意，卻反過來被打了一下。

在諾瓦的心目中，她們之間的上下階級早就已經決定……諾瓦當然是地位比較高的那一個。

「求哥，我被打了。」

「牠是不是討厭妳啊？」

「沒那種事。我們是好朋友。諾亞，我說得對不對？」

實璃這麼問道，表情看起來有些沮喪。

也許是覺得她很可憐，諾瓦用尾巴輕撫她的大腿，一副要她打起精神的樣子。

「嗚嗚……諾亞～妳這個小傲嬌～」

「喵。」

實璃把諾瓦放在自己的大腿上，溫柔地撫摸著牠。

她的心情也變好了，這樣事情應該算是圓滿落幕了吧？

「嗚～結果還是被小璃搶走了。」

「啊哈哈……不過，我覺得妳們遲早會變成好朋友。畢竟諾瓦不是真的怕人。」

「嗯，我會努力的！」

雖然小朱莉剛開始的時候還有些沮喪，但她很快就重新打起精神，用閃閃發亮的眼睛看向實璃與諾瓦。

「那樣的小璃果然很可愛也很新鮮呢。」

「我想她在妳面前可能……有些裝模作樣吧。」

「其、其實我沒有那種感覺，只是……」

「只是？」

「我覺得你跟小諾亞身邊，或許才是最能讓她放鬆心情的地方。」

小朱莉用溫柔的眼神看著實璃，說出這句話。

那種眼神像是感到欣慰，又像是有些羨慕……就算我想像得到小朱莉心中現在有著什麼樣的情感，也無法說出正確的答案。

（……原來如此。）

實璃總是跟野貓一樣突然消失，但又會突然跑回來，旁若無人地待在我身邊，而且只要捉弄她，她就會毫不留情地賞我一爪。

如果現在這個瞬間對那傢伙而言是可以安心的地方，那麼絕對是一件好事。

「……嗯？你們兩個怎麼了嗎？為什麼要用那種熱情的眼神看著我？」

「我才沒用熱情的眼神看著妳。」

「明明就有。超級熱情。」

實璃一邊這麼強調，一邊無奈地別過臉去，但我知道她不是那麼遲鈍的女孩。

她明明知道我們在想什麼，卻還是故意說出這些話。

換句話說，她只是故意要掩飾自己的害羞。

「呵呵。小璃，對不起喔。」

「唔……」

小朱莉露出微笑，毫無誠意地這麼道歉，讓實璃難為情地噘著嘴巴。

因為實璃是在自己的主場被擺了一道，所以應該算是小朱莉占上風吧？

「朱莉，妳給我記住……」

「咿！」

……不過，她之後也得面對更強烈的反擊就是了。

就在現場的氣氛變得有些緊張時——

「喵嗚！」

原本一直任憑實璃撫摸的諾瓦突然跳了起來。

在此同時，我聽到微弱的手機震動聲。看來好像是實璃的手機有來電。

「…………」

「妳不接嗎？」

「……唉，麻煩死了。」

實璃毫不掩飾地小聲抱怨，同時拿著手機走出客廳。

「看樣子應該是學校那邊打過來的。」

「學校那邊？難不成那傢伙做了什麼惹火校方的事情嗎？」

「啊，不是這樣的。其實是……小璃有參加文化祭的活動。」

「咦？」

實璃有參加文化祭的活動？

考生明明可以不用參加文化祭的活動，但那個實璃竟然參加了？

「小朱莉，妳是在跟我開玩笑吧？」

「啊哈哈，這很不像是她的作風對吧？畢竟在正常的情況下，小璃絕對不可能參加那種活動。」

小朱莉忍不住苦笑，轉頭看向實璃離開的方向。

「當然了，其實這件事背後是有原因的……」

小朱莉告訴我，三年級學生的文化祭活動就跟往年一樣，都是由各個班級裡志願參加的人聯合舉辦。

可是，因為今年的活動內容規模比較大，參加者的人數又不夠多，所以不希望參加活動，但顯然閒著沒事做的實璃就被叫去參加了。

「剛開始小璃也表現出有些……不，是非常不情願的樣子，可是……」

「她是不是說拒絕別人也需要耗費體力，結果就屈服了？」

「就是這麼回事。」

「她還在田徑社的時候也是這樣……我是說國中時期。雖然嘴巴上總是在抱怨，但她一直都是那個最勤勞的社團經理。」

不過，像文化祭這種熱鬧的活動，應該跟她的個性完全合不來才對。

「學長，你怎麼看起來好像很開心的樣子？」

「沒有啦，我只是想到實璃參加文化祭的活動，結果一臉尷尬的樣子，就覺得有點好笑。」

「嘲笑別人的不幸，可是最差勁的行為～」

實璃在不知不覺中講完電話回到這裡了。

「小璃，妳講完電話了嗎？」

「嗯，對方只是有點事要找我商量。」

「找妳商量？」

「因為我可是總監。」

實璃臭屁地挺起胸膛。

我懂了，應該是因為無法指望她提供勞力，其他人才會想要借助她的腦袋吧。

「話說，妳這位總監大人可以在這種地方偷懶嗎？」

「因為我可是總監。」

「……嗯？妳沒聽懂我的意思嗎？」

「所謂的總監不就是明明人不在工作現場，卻又臭屁地到處嫌東嫌西的人嗎？」

「這是妳的偏見吧！」

我忍不住如此吐槽。雖然對實際情況不是很了解，但要是有這種傢伙存在，現場的工作人員應該會很反感。要是真的有問題發生，也不會想要聯絡那種人吧（這也是偏見）。

「對了，妳們要舉辦什麼樣的活動？」

「咦？你很感興趣嘛？」

「聽到有這件事，就算我很難認同妳的作法，也還是會感到好奇不是嗎？」

「是喔～？」

實璃定睛注視著我，一副想要看穿我內心想法的樣子。

再說其實我真的只是感到好奇。如果她不想說出來，也不打算勉強她回答——

「我們打算開一間萬聖節咖啡廳。」

「……啥？」

「就是以萬聖節風格為主題的咖啡廳啦。」

「呃……」

「你不知道嗎？就是主題咖啡廳啊。竟然連這種事都不知道嗎？看來你果然是個大叔呢。」

「這個我是知道啦……」

所謂的主題咖啡廳，就是以女僕咖啡廳為代表，擁有獨自的世界觀與主題的咖啡廳……應該吧？

我在高中時期參加文化祭的時候，當然也有班級與社團舉辦這樣的活動，就算要說這種活動是文化祭的固定班底也不為過。

而萬聖節這個主題，也很容易讓人想像那會是一間什麼樣的咖啡廳。可是──

「我記得文化祭是在九月底對吧？」

「是啊。」

「……時間難道不會差太遠了嗎？」

為了保險起見，我還先問過小朱莉，但心裡卻感到更疑惑了。

萬聖節就是讓人打扮成幽靈或怪物，在家裡擺放南瓜裝飾品，對別人說出「不給糖就搗蛋」這句話並要糖果來吃的節日。

全世界的萬聖節都是在每年的十月三十一日。

雖然有些店家可能會為了舉辦優惠活動，提早幾個星期開始販售期間限定商品，但直接提早整整一個月開設萬聖節咖啡廳，我覺得實在太早了。

「這樣才好啊。這樣才會有話題性。」

「是、是這樣嗎？」

我們明明只差一歲，我卻覺得自己跟她的想法差很多。

不對，這也可能只是我的想法特別落伍。畢竟昴也經常說我對流行太過缺乏了解……我該不會其實是個很無聊的人吧……？

「唉，其實我也不是很懂就是了。」

「竟然連妳都不懂嗎！」

「嗯，畢竟這是其他人的說法，只要不會太麻煩，其實我一點都不在乎。」

得知實璃其實也不是很懂，讓我暗自鬆了口氣，也覺得這實在很有她的風格。

雖然餐飲類的活動相當辛苦，只要工作分配得當，就能大幅減輕每個人的負擔。

她應該是認為自己只要在準備期間當個總監提供意見，在活動當天去當幾個小時的服務生就足夠了吧。

「不過，可以提早一個月享受萬聖節的氣氛，難道不是賺到了嗎？」

「這、這樣算是賺到？」

看來小朱莉似乎很喜歡這個企畫，才會兩隻眼睛都亮了起來。

「小璃，到時候我絕對會去找妳玩的！」

「嗯，妳就好好期待吧。雖然努力準備的人不是我。」

說完這句話之後，（正在偷懶的）總監大人臭屁地挺起胸膛。

不過，這種感覺還真是令人懷念，而且都快被我忘記了。

我去年甚至沒在文化祭當天過去逛逛……現在非常後悔，覺得自己當時不該放棄這個機會。

我當然知道現在才後悔已經太遲──

「啊，對了。」

實璃叫出聲來，打斷我的思緒。

她的語氣相當興奮，聽起來像是想到了什麼鬼點子，讓我感到有些危險──

「求哥，你要不要來參觀文化祭？」

「咦？」

以這段對話來說，這個提議一點都不奇怪，可說是極為正常。

「怎麼了？你以為我要說什麼更奇怪的話嗎？我好難過喔～」

「在覺得難過之前，妳應該先反省一下自己平常的言行啊。」

「我平常的言行？」

實璃露出不懷好意的笑容，還突然把身體靠過來，在我耳邊小聲低語：

「是指我幫你發現自己喜歡朱莉的事情嗎？」

「唔！」

這是應該現在提起的事情嗎！

不過這也是事實，我無法完全否定實璃的功勞……

「你們兩個怎麼了嗎？」

「不，沒什麼。」

實璃立刻遠離我，免得被小朱莉發現我們在說什麼。

難道她只是想要捉弄我……？不對，畢竟她都特地提起那件事了。

就算她有什麼企圖也一點都不奇怪。我絕對不能掉以輕心。

「我只是覺得文化祭在九月底舉辦，你應該還在放暑假才對。」

「經妳這麼一說，確實如此……不過，這樣時間實在有點太趕了……」

我的確有可能去參觀。

然而，包含社團活動在內，我沒有特別親近的學弟或學妹，在畢業以後回去參觀母校的文化祭，也覺得有些難為情。

「如果你可以來參觀，我想大家應該都會很高興吧～」

「妳說的大家又是誰啊？」

「啊～我忘記你毫無自覺了。不過，朱莉應該也這麼認為吧？」

「咦？啊……是啊，在我們這個年級，學長也算是個名人……啊！小璃，我覺得這樣不好啦！」

小朱莉似乎想通了什麼，慌張地阻止實璃。

相對地，我倒是完全不明白她們在說什麼……我跟她們那個年級的學生應該毫無交集才對吧？

「妳、妳說學長來參觀會有很多人感到開心，就是那個意思對吧！那不就等於是把他丟進養著滿滿食人魚的水池裡嗎！」

食人魚！

原來有人想要我的命嗎！

「到時候妳就負責保護他不就行了嗎？畢竟妳是他的女朋友。」

「對、對喔！我確實是學長的女朋友！」

「而且這不是個好機會嗎？」

「好機會？」

「跟他來一場文化祭約會，難道不是妳的夢想嗎？」

「文化祭約會！」

雖然小朱莉原本還有所抗拒，甚至說出很可怕的比喻，但她很快就被實璃說動。

儘管說是文化祭約會，我早就畢業了，總覺得好像有點怪怪的……

「好想跟學長在文化祭約會喔……」

小朱莉小聲呢喃。

她不是在跟任何人說話，就只是說出自己的心願——

（啊……）

我的胸口突然刺痛了一下。

我明明是小朱莉的男朋友，怎麼可以滿腦子都是消極的想法？

她明明還用自己寶貴的時間來跟我見面，我卻沒有為她做些什麼……如果這就是她的願望，難道我不該幫她實現嗎？

雖然還是覺得很難為情，回學校的時間也會變得很趕，但是這些都不是什麼大問題了——

「……那我就把這當作是獎勵吧。」

「咦？」

「實璃不是說過了嗎？她要讓妳挑戰考古題，只要過關就給獎勵。如果妳能順利通過測驗，我們就一起去參觀文化祭吧。」

「……啊！」

小朱莉猛然睜大眼睛。

她沒有開口說話，而是用眼神問我這是不是真的。於是我明確地點了點頭。

「這種時候你應該無條件陪她一起去才對吧？」

「嗚……」

實璃精闢地指出我的錯誤，讓我不由得感到畏縮。

我也覺得身為一個男人，在這種時候直接拍拍胸脯就答應下來比較帥氣——

「我畢竟比妳們年長，還是需要考慮到一些事情，免得小朱莉將來為此後悔。而且要是害得她成績退步，那我們也不該去約會了吧？」

「你真是死腦筋耶～」

「……我自己也這麼覺得。」

就算她們嫌我嘮叨，說我這個人很無趣，或許也是無可奈何的事。

不過，我明明很清楚她現在最重要的事情是什麼，卻隨便找個藉口敷衍過去，只想討她歡心，反倒是不誠實的行為。

「這種作法很有學長的風格呢。」

可是，小朱莉沒有感到傻眼，反倒對我露出微笑。

她的臉頰微微泛紅，開心地注視著我，同時使勁點了點頭。

「明白了。我絕對會及格的！我會回應學長的期待！」

「嗯，加油喔！」

「好的！我現在充滿幹勁了！想不到會突然冒出這種重大事件呢！現在可能是我這輩子最想努力念書的時候！」

我、我反倒覺得她的鬥志好像有點高昂過頭了。

就算她肯定會及格，但之後也可能會因此氣力放盡……不對，小朱莉曾經失敗過一次，應該也明白這個道理。

要是我說出那種無謂的擔憂，才真的是多管閒事。

「真是的，你們害我都看到胃痛了。」

實璃在旁邊聽著我們的對話，露出無奈的苦笑。

第4話 關於朋友妹妹的考試結果這件事

時間來到九月的尾聲，天氣也變得較為宜人，讓人感受到秋天即將到來。

彷彿是要祝賀學生們舉辦的祭典，今天是蔚藍的大晴天，氣溫也很舒適，只需要穿著短袖上衣，外面再披一件薄外套就夠了。

「真是太感謝了……」

我忍不住這樣小聲呢喃，但這不只是因為對逐年升溫的夏天感到厭煩。

這個夏天讓我留下了深刻的回憶。

都還沒習慣獨居生活，暑假就到來了。

朋友的妹妹突然來到我家。

與她度過一段充實的日子……而她還成為我的第一位女朋友。

我這輩子肯定無法忘記這個夏天的經歷吧。

在此同時——這段回憶也跟夏天緊密連結在一起。

十月以後，這種再次變成獨自一人的孤寂，肯定會隨著冬天逐漸逼近，而變得愈來愈強烈。

因此，為了撫平那種孤寂感，在今天與她見面並非毫無意義——

（……其實我只是想跟她見面罷了。）

雖然總是強調自己比較年長，但第一次交到女朋友，還是讓我興奮到忘乎所以。

只要一個不小心，好像就會迷失在這種當然從未體驗過的情感之中，只能拚命讓自己保持冷靜，但我不確定自己是否有做到這件事……

（就是因為我早就被看穿，事情才會變成這樣。畢竟實璃是個很敏銳的人。）

不過，現在才在意這種事也於事無補。

今天終於就是最後一天。不光是小朱莉的暑假，我的暑假也即將結束。

假如依照一開始的計畫，我現在早就回到租屋處了。

老爸和老媽原本還很高興我回來了，但最近也開始擔心我這麼晚回去會不會有問題，甚至懷疑我是不是遇到什麼嚴重的問題，才會不想回大學念書。

不過，要是告訴他們不回去是為了跟女朋友約會，他們肯定會變得很興奮，叫我把女朋友帶回家裡。既然小朱莉還不願意見我父母，那也只能瞞著他們了。

但是我總有一天也得去向她父母報告這件事呢。

唉，我畢竟是昴的朋友，早就跟他們見過面了，要做這件事應該會比小朱莉來得簡單……不對，這樣反倒會更緊張吧！

「……嗯，我還是先別想這個問題了吧。否則之後肯定無法享受約會。」

我懷著這樣的確信，趕走短暫浮現在腦海中的想法。

沒錯，現在必須專心面對眼前的大事。

可是——

「還真想不到會變成這樣……」

我的思緒再次回到決定要做今天這件事的那一天。

◇◇◇

那是前幾天發生的事情。

「…………」

實璃看著**那東西**，難得露出驚愕的表情，連一句話都說不出來。

「小璃？」

小朱莉原本一直緊張地看著她，但也逐漸開始感到困惑。

實璃正看著小朱莉做好的政央學院考古題答案卷。

這是關係到小朱莉這個夏天的成果，還有她能否得到獎勵跟我約會的重要考試。

「…………」

實璃一直沒有給她答覆。

「喂，實璃？……嗯？」

聽到我也跟著這麼問，實璃默默地看了過來。

「妳看我做什麼？難、難道說……」

她的成績不是很理想嗎？

如果是這樣……不，我完全沒想過會是這種結果。

不過，現場的氣氛肯定會變得如同地獄般冰冷。

「你過來一下。」

實璃還是沒有告訴我答案，向我招了招手。

然後，她把寫著答案的筆記本與測驗的正確答案交給我。

「咦？妳這是什麼意思？」

「為了保險起見，我要你再確認一次。」

「再確認一次？妳是說……」

「因為我可能眼花看錯了。」

「好、好吧。我明白了。」

「學、學長，麻煩你了……！」

小朱莉應該也從實璃的態度中發現不對勁了。

她的眼角微微泛著淚光，向我低頭拜託。

她當然知道這麼做無法改變寫在筆記本上的答案，但還是不願放棄希望。而我完全能感受到她這樣的心情。

（不過，如果分數真的差很多，實璃也不會要我幫忙再確認一次。她很可能是因為分數只差一些就能及格，才會拜託我確認！）

如果是這種狀況，就連只負責打分數的我，都免不了會有壓力。

我緊張地嚥下口水，低頭看向筆記本。

先來整理一下目前的狀況吧。

這次測驗的及格標準是答對率超過八成。

因此，由於國語和英語分別是一百五十分，世界史則是一百分，加起來總共是四百分，所以只要拿到三百二十分以上就算是及格了。

就算是在正式考試的時候，拿到這樣的分數應該也會及格。

如果要以正式考試為標準，在暑假剛結束就設定這樣的目標，或許有些太高了。

可是，我覺得小朱莉還是能達成這樣的目標。

雖然小朱莉的模擬考成績可能不夠好，只要想到她在暑假期間努力讀書的樣子，就覺得這件事有可能。

（沒問題的。肯定只是實璃看錯了。一定不會……有問……）

小朱莉緊張地看著我，我開始比對答案與正確解答——然後跟實璃一樣驚訝得說不出話。

「咦……」

「結、結果到底怎麼樣！我真的考得那麼差嗎！」

「啊，不，呃……妳再給我一點時間。」

小朱莉難過地叫了出來，但我出聲制止她，同時不斷反覆比對答案。

可是，結果當然沒有改變。

從頭到尾檢查過所有答案，但……結果還是一樣。果然還是不敢相信。

我完全明白實璃要我幫忙再確認一次的意思了。

難怪她會想拜託別人幫忙確認。換成是我也會這麼做。

「學長……」

「啊……抱、抱歉！」

小朱莉整個人癱坐在地板上，無助地呼喊著我。

因為眼前的成績太過令人震撼，都忘記要告訴她了！

「呃……我也不知道該怎麼告訴妳。」

「麻、麻煩你給我一個痛快……！」

「啊，抱歉！是我沒說清楚。其實……」

「我到底有沒有及格……學長，拜託你告訴我吧……！」

「嗯，妳及格了。」

「及格……！咦、咦咦咦咦咦！」

小朱莉發出尖銳的驚呼聲，讓我和實璃都嚇得縮起身體。

「及、及格了？你是說我及格了對吧！可是，那你們剛才怎麼都是那種反應！話說這個反應會不會太平靜了！」

「其實我在對過答案之前，也認為妳可能沒有及格。不過，現在只覺得煩惱妳會不會及格，根本就毫無意義。」

NOTE

「那不就是我們要確認的事情嗎！」

沒錯，雖然確認她有沒有及格才是最重要的事情，但在對過答案之後，我只覺得這對她太過失禮了。

「唉，只能說妳果然很厲害，還是真的有資格報考這間大學……」

「這、這句話是什麼意思？」

「小朱莉，妳在這三個科目都考了滿分喔。」

「……咦？」

小朱莉驚訝地睜大眼睛。

她就連申論題都有把重點全部寫進去，拿了無可挑剔的滿分。

因為她的答案太過完美，我會懷疑自己的眼睛也很正常。

「朱莉，妳是不是沒有遵守跟我的約定，事先看過考古題了？」

「我沒有先看過喔！是真的第一次做那些題目，憑、憑自己的實力解開問題！」

「我明明還特地從題庫中，挑出平均分數特別低那一年的考古題給妳做測驗。」

實璃這麼做其實有點壞心眼。

雖然說得很輕鬆，她應該是覺得無論結果如何都有好戲可看，才會這麼做吧……

「反、反正我及格了！不管是不是滿分，這才是我最關心的事情！」

「妳當然及格了。對吧？」

為了保險起見，我向負責主導這次測驗的實璃如此確認，而她也點了點頭。

「那……我們可以在文化祭約會了吧！」

「嗯，當然可以。」

「好耶～！好耶～！好耶————！」

她不是大喊三聲「萬歲」，而是喊了三聲「好耶～」。

小朱莉開心地跳來跳去，用全身表現內心的歡喜，讓我很自然地感到心頭一暖。

「朱莉，恭喜妳。終於能如願在文化祭約會了。」

「嗯！」

「求哥也肯定會穿著制服過去的。」

「我才不會！」

這點非得拒絕不可。

小朱莉，拜託不要露出那種有些失望的表情。

如果我真的穿上學生服，那也只能算是角色扮演。要是被認識我的學弟妹撞見，他們應該會露出看不下去的尷尬表情，然後這件事就會立刻傳到所有校友耳中吧。搞不好還會被當成可疑人物，最後鬧到警察局去。

（嗯，不可能。連考慮的餘地都沒有。）

我父母是那種很節儉的人，肯定有好好保管我的制服，但絕對不能讓這兩個傢伙知道這件事。嗯。

「不過，我現在真的可以鬆口氣了。畢竟模擬考成績很糟糕，一直無法忘懷……甚至為此作了好幾次惡夢。」

「說到這件事，朱莉，妳說自己考得不是很好，但妳好像還沒讓我們看過成績單對吧？」

「咦！因為我會不好意思……」

「…………」

實璃用懷疑的眼神看向小朱莉。

我也知道她想說什麼。

那就是：「妳都可以在考古題測驗拿到這種成績了，模擬考真的考得很差嗎？」

「嗚……是、是真的沒考好喔！妳看，證據就在這裡！」

小朱莉如此強調，然後從書包裡拿出一個大信封。

「妳該不會一直把成績單放在書包裡吧？」

「是啊，因為我對那份成績單發過誓，要自己以後絕對不能再拿到那種成績！」

「原、原來如此。」

她明明應該根本不想看到那份成績單，卻還是願意這麼做，對自己實在很嚴格。

我覺得自己可能想太多了，但還是跟實璃一起看向她的模擬考成績單——

「「…………」」

「嗚嗚……拜託你們不要看得那麼認真啦……」

呃，她說得一副很難為情的樣子，不過……

「朱莉，這上面寫妳的成績是B級耶。」

「嗯……」

「我記得成績是分為A到E這五級，而妳是從上面算下來排第二的B級。」

「嗯……」

「這種成績根本不算差吧？」

說出來了！實璃說出來了！

老實說，我覺得在這個時期拿到B級根本不算差。

如果這是第一志願的模擬考成績，應該反倒讓人更有信心，繼續以明年初的正式考試為目標努力讀書才對。

「可是，我原本一直都是A級喔！而且就連A級的錄取率都只有八成，到了B級就只剩下六成……！」

「確實是這樣沒錯，但我覺得在這個時期能拿到B級就算很好了。」

「不過，只要想到最壞的情況……畢竟就連A級的錄取率都只有八成！這就代表我有二成的機率會考不上，這樣根本不可能放心……！」

雖然我覺得這種想法有些太過消極……但完全可以感受到小朱莉那種絕對要考上的心情。

事實上，考試這種事本來就沒有絕對。在考試當天之前累積的模擬考成績與讀書時間，都不會替你加分。

即使讓小朱莉絕望沮喪的原因，是我們遠遠沒想到的問題，比起勸她轉換心情，或是學著樂觀看待，她這種想法或許才是正確的。

（不過，這樣只會讓她必須一直繃緊神經……）

考試戰爭還要持續很長一段時間……直到確定考上的那一天為止，小朱莉可能都無法擺脫這種壓力。

可是，她在今天順利通過實璃的考驗了。

（至少在給她獎勵的那一天，想讓她忘記考試，盡情地享受約會。）

我懷著這種想法，暗自鼓起了鬥志。

◇◇◇

……於是，我在今天來到睽違半年的母校，也就是明立高中的門口。

話雖如此，我並沒有沉浸於對母校的懷念之中。

因為一年一度的文化祭讓校門後方的校舍澈底改頭換面，也讓新鮮感勝過懷念。

畢竟每年文化季的擺設都會重新製作，我不可能有印象。

現在是上午十點半。文化祭才剛開場，客人也正不斷走進會場。

至於我……則是還在暫時觀望。

（小朱莉應該會通知我該去哪裡會合吧？）

我看向手機，還沒有收到通知。

雖然文化祭已經開場，但體育館應該還在舉辦給在校生看的開場表演活動。

如果她看得太入迷，當然不會跟我聯絡。

「我看……還是先進去隨便逛逛吧。」

要是一直站在這裡枯等，她應該會覺得自己害我久等了，先去找看看有什麼有趣的攤位，應該也不是壞事。

我先在入口拿了一份活動介紹手冊，然後立刻在上面找尋實璃參加的三年級學生聯合攤位。

「……上面還真的寫著萬聖節咖啡廳。」

老實說，在親眼看到之前，我一直半信半疑……現在完全明白了。

把這個攤位跟其他攤位放在一起，感覺其實還不錯。

能讓人感受到學生的自由奔放，又不會顯得太過奇特。

很引人矚目，卻不會讓人覺得反感。

這樣應該會讓人考慮上門光顧看看。

（如果這一切都在策劃者的計算之中……只能說這都是總監的功勞。）

雖然這也有可能是誤打誤撞的結果，但也讓我變得有些期待。

「哦，原來田徑社也有擺攤位嗎？」

看到自己老巢的名字，感到有些懷念。

不，不是只有田徑社。

我還在讀高中的時候，也曾經跟昴他們一起看著活動介紹手冊，煩惱該怎麼逛才能徹底享受文化祭。

當我忙著閱讀活動介紹手冊時，學生們的身影也在不知不覺中變多了。

看來開場表演應該結束了……才剛這麼想，手機就發出震動。

『學長，對不起！我太晚聯絡了！你現在人在哪裡？』

我猜她是不小心看得太入迷了吧。

這則略顯慌張的訊息，讓我面帶微笑做出回覆。

◇◇◇

「不、不好意思讓你久等了……！」

我做出回覆，在校舍門口等了幾分鐘之後，小朱莉快步跑了過來。

她應該是來得很匆忙吧。我看她跑得很喘。

「其實妳不需要急忙跑過來。」

「不……要是讓學長一個人待著，等於是把你丟進養著滿滿食人魚的水池……」

「妳還真喜歡那個比喻。」

明明就沒有任何人來襲擊我。

不過，也許是因為我不是學生而是外來的客人，確實有感覺到些許別人的目光。

「……因為學長是個木頭男，所以我信不過你。」

「為什麼啊！」

「好了，要是在同一個地方待太久，只會變得更引人矚目，我們還是快走吧。」

「我們是在執行某種潛入任務嗎？」

我就這樣被小朱莉推著走。

順帶一提，小朱莉當然是穿著水手服。

雖然我早就看慣她這身打扮，但是像這樣跟她在高中裡一起行動，還是讓我有種做壞事的感覺。

畢竟大家好像都在看我們……啊！

（那些跟我們擦肩而過的男生，怎麼好像全都入迷地看著小朱莉！）

不管是穿著制服的在校生，還是疑似來自其他學校，身上穿著便服的客人，全都停下腳步看向小朱莉。

彷彿只有她被聚光燈照在身上，讓大家都不由得看傻了眼……不過，其實我這個男人也能體會他們的心情。

縱使隨著相處的時間增加，我早就相當習慣了，但小朱莉依然是個無須多言的超級美少女。

容貌就不用說了，她的一舉一動都美得像幅畫。

就算她不特地擺姿勢，片刻都是絕佳畫面……啊，這樣稱讚她是不是有點噁心？

不過，如果她是我的同學，而且不是昴的妹妹……我說不定也會跟那些男生一樣躲在遠處入迷地看著，單方面暗戀她。

「學長，你怎麼一直看著我？」

「不，我是……」

「啊！該不會是我的頭髮上有髒東西吧！」

小朱莉慌張地用手整理自己的頭髮。

光是這種小事，就讓她連耳朵都紅透了……有種正要離我遠去的她，在一瞬間就回到我身邊的感覺。

「學長，要是我的頭髮上還有髒東西……你可以幫我弄掉嗎……？」

「咦？」

這句話明明就不奇怪，我還是不由得停下腳步。

要我幫忙拿掉頭髮上的髒東西，就等於是要我碰觸她的頭髮……在這種眾目睽睽的情況下，她竟然要我做出那種事嗎！

（而且還不是只有小朱莉引人矚目……）

每個人看到小朱莉都會停下腳步，然後看向她身旁的我。

我是個沒穿制服的外來客人，但又跟小朱莉走得很近，顯然認識她。要是我還摸了她的頭髮，感覺就像在告訴大家我們的關係並不尋常。

（不過，我們的關係確實不尋常……）

可是要是在這種地方讓別人發現這件事，應該不太妥當吧。

如果考慮到小朱莉今後的學生生活，那就更不用說了。

「沒、沒有了。剛才都弄掉了。」

「真的嗎？對不起，讓你看到我難看的樣子了。」

「沒那種事！一點都不難看！」

而且她的頭髮原本就沒有沾到髒東西。

不過，我現在好像明白跟她在文化祭約會的風險了。

我們在這裡的一切行為，都會影響到小朱莉所剩不多的校園生活。雖然這是她本人的願望，但我的責任還是很重大……！

這種莫名的壓力，讓我隱約有種胃痛的錯覺。

◇◇◇

即使有點快，我們還是決定前往三年級學生共同開設的「萬聖節咖啡廳」。

文化祭才剛開始，實璃好像就得負責值班了。

他們應該是打算早點派出長得漂亮的實璃，讓咖啡廳的口碑得以散播開來吧。

畢竟實璃也是那種喜歡早點解決麻煩事的人，所以應該也不會排斥這種安排。

某位總監大人說不定正在認真工作。

「我看看……萬聖節咖啡廳在六樓。這個位置還真是偏遠……」

「畢竟主角還是一年級與二年級的學生呢。」

雖然這個事實相當殘酷，但那些三年級學生應該也早就有所覺悟了吧。

不過，以餐飲類型的攤位來說，由運動系社團占據的操場才是最顯眼的絕佳位置。

反過來說，開設在校舍內部，而且還是高樓層的攤位，就會顯得很沒有存在感。

如果是在沒有宣傳的情況下，想要招攬客人就會非常困難……因此口碑帶來的宣傳效果變得重要。

「我很想幫助他們，可是……」

「那我們先去看看再說吧。」

「也對。說不定店裡早就擠滿客人了呢！」

我們一邊這麼說著，一邊前往六樓。

當然了，我們每爬上一層樓，客人的數量就會減少一些。

而六樓就更不用說了……至少我一眼看過去，走廊上根本沒有人在排隊。

「啊，學長。就在那邊！我看到招牌了！」

小朱莉無視這種冷清的景象，一看到萬聖節咖啡廳的招牌，就小跑步衝過去。

雖然比她慢了半拍，我也立刻跟過去一看……頓時心領神會。

我看到隱約散發黑暗氛圍的裝飾，還有應景的南瓜擺飾品。

這種以黑色和橘色為主的配色風格，確實能讓人感受到萬聖節的氣氛。

當我看著這些意外用心的裝飾時，正好有個疑似負責攬客，穿著女僕裝的女孩來到走廊上。

「咦？宮前同學？」

「啊，木下同學！早安！」

小朱莉似乎認識她，立刻笑著向她問好。

「難道是過來找我們玩嗎？」

「嗯。因為小璃也叫我過來看看。」

「謝謝妳～！我們剛剛才在說要去招攬客人……咦？這位是跟妳一起來的嗎？」

就在這時，木下同學似乎注意到我了。

我向她輕輕點頭示意後，她驚訝地睜大眼睛，然後小聲叫了出來。

「你該不會就是……那位傳說中的白木學長吧！」

（……傳說中的白木學長？）

這句話有些奇怪，讓我印象深刻。

不過，這名女孩好像認識我，但我……想不起來她是誰。

「也就是說，宮前同學，妳哥哥也來了……？」

「啊……沒有，我哥哥沒來……今天就只有我和學長兩個人。」

「真的嗎！妳好厲害！」

「呃……？」

我完全聽不懂她們在說什麼。

不過，她們好像都明白對方的意思——

「啊……朱莉，求哥，歡迎光臨。」

我很快就感到莫名尷尬，不知道該做何反應，而實璃正好從教室裡走出來。

畢竟現在是這種狀況，讓我有種看到救世主的感覺……！

「小璃！……話說妳怎麼還穿著制服啊？」

「是啊。我要去換衣服了。」

「妳們該不會是還沒準備好吧？那我們可以等妳。」

「沒關係。木下同學，他們兩個由我來招待就行了。」

「啊，我知道了！」

木下同學擺出立正敬禮的姿勢。

她拿起這間萬聖節咖啡廳的手舉牌，然後突然轉頭看向我這邊。

「那個……白木學長，我叫木下夏實！」

「妳叫木下夏實同學是嗎？呃……請多指教？」

「是的！請學長多多指教！請您在這邊好好休息！」

木下同學向我低頭鞠躬，然後就快步跑走了。

到底是怎麼回事……正當我忙著思考這個問題時，突然感覺到兩股冰冷的視線。

原來是小朱莉和實璃正在瞪著我。

「呃……怎麼了嗎？」

「……沒什麼。」

「求哥，你還是老樣子呢。」

「咦？」

我剛才有做什麼惹她們生氣，還是讓她們傻眼的事情嗎？

我對此毫無頭緒，只能感到困惑。

「算了，你們先進來吧。反正我們才剛開店，店裡還沒有其他客人。」

「好啊！」

「對了。朱莉，妳跟我過來一下。求哥，你先自己進去吧。」

「咦？小璃，等等！」

說完話的實璃就拉著小朱莉的手走掉了。

「呃……現在到底是怎樣？」

「白、白木學長！歡迎光臨！請跟我來！」

「啊……嗯，謝謝妳。」

這次換成另一位打扮成中國殭屍的女服務生過來帶我入座。

因為店裡沒有其他客人，所以我們應該就是最先上門的客人。

店裡那些打扮成妖魔鬼怪的學生，全都露出緊張的表情，毫不客氣地注視著我，而且還是不分男女。

（這樣實在是有種說不出的尷尬……！）

因為小朱莉也不在我身邊，而且他們都是三年級學生，讓我在其中看到幾張似曾相似的面孔，但因為大家都有扮裝，完全認不出他們是誰。

會跟我有點交情的學弟妹，頂多就是同一個社團的社員，然而我參加的社團不太可能得到推甄名額，所以他們現在應該都忙著準備考試或是找工作才對……

「請、請問您要來點什麼嗎！」

「呃，那……就給我一杯咖啡好了。」

「偶、我明白了！」

結結巴巴地這麼回答之後，殭屍小妹（假名）就走掉了。

即使如此，眾人的目光依然集中在我身上——

（太、太尷尬了……！）

我感到如坐針氈，只能祈求小朱莉或實璃能儘快回來。

◆◆◆

小璃帶我來到萬聖節咖啡廳會場旁邊的教室。

雖然學長好像順利入座了……我、我還是不太放心。

因為學長太出名了！

我還是一年級學生的時候，曾經因為一點意外，讓大家都知道我有個讀二年級的哥哥。

結果有幾個朋友就去二年級的教室偷看……回來之後全都異口同聲地這麼說：

「二年級有個超帥的學長喔！」

我馬上就猜到她們口中的帥哥是白木求學長。

即使曾經有人稱讚過我哥的長相，但他給人一種有點蠢的感覺……也可說是那種裝出來的帥哥。

可是，學長不一樣！

光是遠遠看到他，就能感受到那種溫柔和善的氣場。還有可愛的笑容，聲音也讓人安心。

他的優點多到說不完……雖然這可能是女友濾鏡的影響，但事實就是如此，這也是沒辦法的事情。

（儘管覺得很驕傲，也實在開心不起來……）

因為學長愈是有魅力，我的情敵就會愈多。

……不過，因為學長實在太遲鈍，所以他好像完全沒發現這件事。

（當、當然了，我也知道學長現在的女朋友是我！）

然而，還是經常感到不安。

能跟學長順利交往就像是奇蹟，讓我懷疑這是否只是一場比較漫長的夢。

我擔心要是自己突然從夢裡醒過來，學長說不定又會變回那個遙不可及的人……因此總是會在早上起床後，傳訊息向他說聲「早安」，然後緊張地等待答覆，等到他也回給我一句「早安」之後，我才能確定這不是一場夢，暫時放下心來。

其實我想要多跟他在一起。無論何時都想待在他身邊。

就連考試結束之前的短短幾個月，都漫長得宛如永恆這麼久。

我沒能在模擬考得到好成績，肯定也是因為心裡太過焦急……畢竟我去參加模擬考的時候，還沒開始跟學長交往。

「唉……」

「妳嘆了好大一口氣喔。」

「啊，小璃。對不起。」

「不需要道歉。快點換上那套衣服吧。」

「嗯………等等！這是什麼！什麼時候到我手上的！」

我竟然在不知不覺中拿著一塊黑布——不對，是一套黑色的衣服！

小璃完全無視於我的反應，就這樣開始脫掉制服——等等，她怎麼也拿著另一套衣服！

「小璃，妳這是在做什麼！」

「當然是換衣服啊。別擔心，這間教室早就被我們借來給女孩子換衣服了。」

「妳說要換衣服……」

「畢竟這可是萬聖節咖啡廳，當然需要扮裝不是嗎？來，妳也快點換衣服吧。」

「我也要扮裝嗎！」

也就是說，這套黑色衣服就是我的萬聖節服裝嗎！

「我怎麼都不知道這件事！」

「因為我沒有告訴妳啊。」

小璃一臉理所當然地點了點頭，連自己的胸罩都脫掉了。

「哇哇哇！」

「因為我要穿的服裝比較暴露。雖然大家都說我穿起來很好看，但我還是會覺得有些不太自在。」

小璃一邊這麼說，一邊穿上加了胸墊的毛茸茸衣服……即便她說那套衣服只是比較暴露，我覺得看起來就跟胸罩沒什麼分別！

「如何？好看嗎？」

「妳穿起來是真的很好看，可是……！」

「嗯，偶爾穿成這樣好像也不錯呢。」

想不到小璃竟然穿得很開心，還幫自己拍了張照片。

她原本就很喜歡打扮自己，但我不知道她連這種角色扮演服裝都喜歡……

「朱莉，妳也快點換衣服吧。」

「不、不行啦！我的身材又沒有妳那麼好！」

「不，妳的身材已經很好了。更何況妳要穿的服裝跟我不一樣。啊，妳該不會比較想穿這件吧？」

「我穿這件就行了！」

與小璃身上那塊毛茸茸的纏胸布（暫定名稱）比起來，我手上這塊黑布（全貌未知）看起來像樣多了。

「話說，我明明沒有參加活動，真的可以穿著這種萬聖節服裝嗎？」

「可以喲。因為我就是要妳穿成這樣到處逛，幫我們宣傳這間萬聖節咖啡廳。」

「妳是要我穿著萬聖節服裝參觀文化祭嗎！」

「沒錯。順便告訴妳，這是一件很羞恥的事情喔。呵呵。」

「這不是應該說得那麼得意的話吧？」

小璃還對我比了個勝利的手勢。

這似乎是小璃身為總監，為了讓這間萬聖節咖啡廳生意興隆而制定的策略。

「而且妳應該也想讓求哥看看自己可愛的一面吧？」

「嗚……！」

「現在他身邊都是經過打扮的可愛女高中生。要是妳還穿著平常的衣服，他的目光很可能會跑到其他女孩身上喔？」

「這確實很可能發生……」

小璃在我耳邊小聲低語，甚至能感受到她呼出來的氣息。

不過，我知道這是惡魔的低語。

因為……她現在正毫不掩飾地露出奸笑！

「不然我就要去誘惑他了喔？」

「小、小璃要去誘惑學長嗎！」

我再次看向小璃現在的樣子。

她還穿著制服裙子，但上半身就只有……一塊毛茸茸的纏胸布！

小璃的身材原本就好到不行，現在又穿上那塊毛茸茸纏胸布，變得超級性感！

她還有跟模特兒一樣的水蛇腰，因為上衣放了維持胸型的胸墊，讓她的雙峰變得更堅挺，露出超級深的事業線……看到她穿成這樣，不可能有男生經得起誘惑吧！

「……穿。我、我也要穿！這套黑色的衣服！」

我不敢穿著小璃身上那種毛茸茸纏胸布參觀文化祭，但這塊黑布就敢穿了！畢竟這件衣服沒那麼裸露！

雖然可能贏不過性感的小璃，但我是學長的女朋友，又穿著與平常不同的衣服，學長應該也會稍微把目光放在我身上才對！

「只希望這不是全身緊身衣那種走搞笑路線的衣服！」

「妳以為我是那種壞心眼的女人嗎？」

我聽著小璃冷靜地這麼吐槽，怯怯地攤開手上這塊黑布，然後——

「這、這是！」

我忍不住睜大了眼睛！

◇◇◇

我來到這間萬聖節咖啡廳，已經差不多有十分鐘了。

「學、學長，請問咖啡需要續杯嗎？」

「不用，沒關係。謝謝妳。」

「白木學長，需要我幫你按摩肩膀嗎！」

「不、不用麻煩了。」

……有夠尷尬。

負責擔任店員的女生都積極地找我說話，但每個人的舉動都很不自然，感受得到她們對我的重視。

不過這也讓我感到非常尷尬……沒能夠跟她們多說幾句話，也覺得很對不起。

（不知道她們兩個能不能快點回來……）

縱使已經不知道是第幾次了，我還是如此祈求。

如果是男生來找我說話，我還比較知道該怎麼應對，但男生全都躲得遠遠的，不知為何只有女生過來搭話。

然後就連那些男生都開始被趕出去招攬客人……不知不覺間從教室裡澈底消失。

我現在可說是完全孤立無援。

「對了。白木學長，我有個問題。」

「啊，嗯，什麼問題？」

「你今天是跟宮前同學一起過來的對吧？」

「……咦？確、確實是這樣沒錯。」

「你們兩個到底是什麼關係啊？」

（……什麼！）

我差點就要忍不住把嘴裡的咖啡噴出來，最後還是勉強忍住了。

如果我跟她們立場對調，當然也會想知道這件事，也早就覺得她們遲早會問這個問題……但突然問得這麼直接，還是讓我有些措不及防。

（……不過，這我還應付得來。）

心臟跳得很激烈，不知道是口水還是咖啡跑進氣管，差點就要嗆到，我還是勉強裝出冷靜的樣子，應該吧。

雖然沒時間調整好呼吸，卻依然努力保持平靜，刻意露出爽朗～的笑容回答：

「我是她哥的朋友。大學還在放暑假，那傢伙就問我要不要一起過來逛逛。」

沒有說謊，只是說得不夠清楚。

我跟昴真的是朋友。而且也真的有人邀我一起過來逛逛……那傢伙其實是實璃。

不過，她們聽起來可能會以為是昴邀我一起過來。

總之，我決定暫時隱瞞跟小朱莉正在交往的事情。

儘管覺得自己可能想太多了，但要是小朱莉跟我……跟一個大學生交往的事情曝光，難保不會造成不必要的麻煩。

只希望這種說法能讓她們接受——

「那、那個……我可以再問一個問題嗎？」

「嗯，什麼問題？」

她果然繼續追問了。

我緊張地等待對方的下一個問題，保持著笑容點了點頭。

她表現出有些顧慮的樣子，眼神稍微游移了一下，然後才怯怯地問道：

「那個……請問你跟櫻井同學是不是感情很好？」

「咦？妳說實璃嗎？」

因為前面的對話，還以為她絕對會問小朱莉的事情，完全沒想到她會這麼問。

然後，我很快就發現問題了。

（咦？我剛才是不是……）

「……學長剛才是不是直呼櫻井同學的名字啊？」

「不會吧！難不成學長在跟櫻井同學交往！」

雖然這只是她們在小聲討論，但我確實有聽到她們這麼說。

糟糕！我實在太不小心了！

「啊，妳們誤會了。我剛才是說……」

「哦～原來學長的女朋友是櫻井同學……不過，他們兩個好像意外登對耶。」

「畢竟他們是標準的俊男美女組合，根本就沒什麼好嫉妒的～」

天啊，她們竟然一下子就完全聊起來了！

這種年紀的女孩子最喜歡聊戀愛話題了。

看來我、小朱莉與實璃就是她們最好的精神食糧。

（她們就是小朱莉所說的「食人魚」，想不到我竟然有機會親身體驗被她們圍攻的感覺……不對，現在可不是感慨的時候！）

必須立刻解開誤會，澄清我跟實璃之間的關係！

「等等，我跟那傢伙不是那種關係，我們只是讀過同一間國中！」

「咦～？可是，只是待過同一間國中，就會這樣直呼對方的名字嗎？」

「而且她可是那位櫻井同學喔！絕對不會讓男生直呼名字的！」

「就是說啊～！」

不、不行，完全抵擋不住她們的攻勢。

她們應該比較希望我們真的在交往，因為這樣要來得有趣多了……不對，我絕對不能放棄抵抗！

「我們還待過同一個社團，所以也經常聊天。」

「咦？如果你們待過同一個社團，那不就是田徑社嗎？」

「是啊。」

「原來白木學長在國中時期也是參加田徑社啊！」

「那還用說嗎？雖然我們學校的田徑社很不起眼，只有白木學長特別耀眼呢！」

「我懂我懂～有時候也很懷疑他怎麼會待在那種社團。」

話、話題好像愈扯愈遠了……！

即便她們也會聽我說話，話題很快就會被她們帶往其他方向。

更何況我根本無力扭轉這種人數上的劣勢——

「你們好像聊得很開心的樣子。」

「啊，櫻井同學！」

犧牲者又要多一個了！

因為櫻井實璃這隻誤闖萬聖節咖啡廳的可憐小兔子突然出現，讓現場的氣氛變得更加熱……烈……

「嗯？怎麼了嗎？」

實璃與往常一樣，用無精打采的眼神看了過來。

可是，她讓我跟那些女生都驚訝得說不出話來。

原因則是她現在的打扮。

「哦，是這套衣服的問題嗎？我覺得自己穿起來還挺好看的。」

實璃自豪地在原地轉了一圈。

毛茸茸的尾巴與耳朵跟著晃動，就連胸部也……等等！這不是重點！

「那、那是什麼打扮啊……！」

「我覺得～應該算是貓耳狼少女吧？」

「從來沒聽過那種東西……」

實璃的裝扮其實並不複雜。

她只是穿著一件毛茸茸的比基尼套裝。

然後還有像是貓腳的手套與鞋子，還戴上貓耳髮箍——就只有這樣。

雖然這顯然是一種裝扮，但實在太暴露了。

這是在海水浴場才能穿的暴露服裝，然而這裡當然只是裝潢成萬聖節咖啡廳的教室，讓我感到一股莫名違背道德的感覺。

而這種完全省去多餘布料，只保留最低限度遮掩的裝扮，也澈底展現實璃的姣好身材。

就連那些女生都看到傻眼了。

「櫻井同學果然很漂亮……」

「我就知道這套衣服絕對很適合她。」

「還好我們有先把其他男生統統趕出去～」

她們不是看到傻眼，就是不知為何一臉得意，或是露出放心的表情。

雖然這些女學生的反應都不一樣，但她們好像都對實璃感到自嘆不如。

「先別管我的服裝了，你們到底在聊些什麼？」

「啊……」

「沒錯，我想起來了！」

實璃不知道剛才發生的事情，隨便一句話就把話題轉回去了。

不過，要是沒把這件事解釋清楚，之後可能會有麻煩，所以回到原本的話題或許不是件壞事……

「欸欸，櫻井同學是不是在跟白木學長交往！」

「……啥？」

實璃用絕對零度的冰冷目光看向我。

我知道她想問剛才到底發生了什麼事，可惜我在這裡沒有發言的權力。

「是他這麼告訴妳們的嗎？」

「不是，他沒有這麼說。不過，總覺得你們好像感情不錯。」

「聽說你們讀同一間國中，而且還參加同一個社團！」

「…………」

你連那種事都說出來了嗎？她的眼神是這麼說的……！

（我也是逼不得已的……！）

我試著用眼神如此告訴她。

不確定她是否理解我的意思，只知道她用看著廢物的眼神看了過來。

「他有承認妳們的推測嗎？」

「呃，學長已經否認了，可是……」

「那麼答案不是很明顯嗎？」

她說得斬釘截鐵，讓那些剛才還在興奮鼓譟的女生瞬間安靜下來。

「真是的……你要好好否認啦。」

「抱、抱歉。」

實璃在這種時候完全不會有所顧慮，讓這些話聽起來不是很好聽，但這都是我沒把話說清楚造成的結果。

就如她所說，問題確實出在我身上，必須反省才行。

「唉，我們讀過同一間國中，也參加同一個社團，感情確實還算不錯呢。」

「就、就是說啊！畢竟我從來不曾聽說有哪個男生跟妳感情很好！」

「這讓我們誤以為學長跟妳關係匪淺……櫻井同學，對不起喔。」

「妳們不需要道歉。因為一切都是這傢伙的錯。」

「全都是我的錯嗎！」

「對，不管是害得大家誤會，還是地球暖化，統統都是你的錯。」

實璃露出得意的表情，把地球暖化的責任也推到我頭上。

「那妳會打扮成那樣，也是因為我害地球變得溫暖嗎？」

「什麼？變態，你現在是不是在想什麼下流的事情？」

「為什麼妳會得到那種結論啊！」

就算是在別人面前，我回給她的微弱反擊，還是換來一記超級重拳。

她說話還是一樣毫不客氣，讓我忍不住露出苦笑。還發現那些女孩全都驚訝地看著我們。

「果然……看來就是那麼一回事吧？」

「是啊。畢竟就只有在宮前同學面前，櫻井同學才會表現出這麼開心的樣子。」

「雖然櫻井同學說他們不是男女朋友，可是……」

她們小聲說著悄悄話，但我還是聽得一清二楚。

記得小朱莉也這麼說過……難道我跟實璃之間的距離感真的會讓人那麼認為嗎？

我感到有些不安，轉頭看向實璃——卻發現她不知為何露出覺得無趣的表情，忙著找分岔的頭髮。這傢伙到底是怎麼回事？

「……啊，對了，我忘記叫朱莉進來了。」

實璃突然說出這句話，轉頭看向教室門口。

「朱莉～妳可以進來了～」

小朱莉好像還在外面傻傻地等實璃叫她進來。

教室的門緩緩打開……了……

「小璃……我等妳好久……」

「抱歉，我們不小心聊太久了。」

「咦？你們在聊什麼？」

「天哪！宮前同學，妳這樣好可愛喔！」

「這套衣服真是太——適合妳了！」

「可以讓我拍張照片嗎！拜託！」

「咦！哇！等等，妳們要對我做什麼！」

即使小朱莉很快就被那些女生團團圍住……我還是有看到她做了扮裝。

現在也能隔著人牆，看到她頭上那頂魔法師帽子。

她不是穿著實璃那種奇特的服裝，而是穿著更正統的萬聖節裝扮——

「你不靠近看看她的打扮嗎？」

「我當然想靠近看，不過……喂，店員別坐在桌子上。」

只剩下實璃留在我身邊，半開玩笑地這麼詢問。

我當然想看看女朋友穿著特殊服裝的樣子。

可是，我也不是那種會坦率地衝過去看的人——

「……小朱莉在學校裡也是那種角色嗎？」

因此只能沒出息地轉移話題。

「角色？」

「我是說妳們兩個在一起時，她表現出來的樣子。就是那種人見人愛的角色。」

「算是吧。確實有少數人很疼愛她。」

「少數人？」

「雖然朱莉看起來是那種樣子，但你應該也親眼見識過，她其實是個超級優秀的女孩。考試總是得第一，運動能力也不差。體力不是很好就是了。」

「啊……」

「老師們都很信任她，而她也很受歡迎，經常被告白。」

「…………」

「哈哈，你吃醋了嗎？」

我才不會去咬這麼明顯的餌。

故意別開視線，擺出要她繼續說下去的姿態。

「嘖……」

實璃一臉無趣地嘆了口氣，但我不予理會。

「總之，因為朱莉實在太過優秀，所以也有很多人不敢接近她呢。」

「啊……這我好像可以體會。」

「而且你別看朱莉那樣，其實她常常會打腫臉充胖子。」

「打腫臉充胖子？」

「就是會做超過能力範圍的事情，還會裝出一副成熟懂事的樣子。」

「我懂妳的意思了……」

小朱莉剛來到我家的時候，也給我這樣的印象。

不是說覺得她很努力，而是指覺得她是個很有家教的大小姐這件事。

當時還以為小朱莉就是那種女孩。

如果沒有好好聊過，深入了解她這個人，就無法看到她真實的一面。

「不過，就算朱莉想要偽裝自己，也還是會露出許多破綻。我覺得這就是她有趣的地方呢。」

「小璃～！」

「啊，她逃過來了。」

小朱莉逃出那些女生的包圍網，淚汪汪地衝了過來。

那副模樣就像是出現在童話故事中的魔女。

不過，她看起來一點都不可怕。

戴著黑色的魔法師帽子，還穿著黑色長袍……我覺得看起來比較像是還在見習的小魔女。

給人一種還不成熟的稚嫩感覺，似乎配不上那套衣服……嗯，很可愛。

「朱莉，求哥在看妳喔。」

「唔！學、學長……」

小朱莉變得滿臉通紅。

不知道是因為她向實璃撒嬌的樣子被我看到，還是因為打扮成這樣覺得害羞……不，我猜應該兩者都有吧。

「這套衣服很適合妳喔。」

「我、我一點都不覺得高興！這樣好像我很幼稚一樣！」

我只是實話實說，她好像不太服氣。

「朱莉，妳想太多了。」

「小璃說這種話，聽起來只覺得是在挖苦我！」

「可是妳也沒說不想穿吧？」

「雖然是這樣沒錯……！」

小朱莉沮喪地垂下肩膀。

「如果我再年輕個五歲，穿這種衣服或許還算合理……啊！妳不會是要我穿成這樣參觀文化祭吧！」

「咦？有這種事？」

「對了，求哥還不知道這件事。我想讓朱莉穿著萬聖節服裝在校園裡走動，幫忙宣傳這間萬聖節咖啡廳。」

「這樣才不會有宣傳的效果！別人只會覺得我是個腦袋不正常的女孩！」

「妳想太多了啦。對吧？」

實璃給了眾人一個眼神，讓那些女孩也跟著點頭。

而我這次也贊成實璃的看法。

儘管這套衣服確實給人有點幼稚的感覺，模特兒實在太出色了。

無論是男是女，與她擦身而過的人應該都會不自覺地看向她，同時對這身衣服感到好奇。

話雖如此，我不確定這種小魔女的打扮，能否讓人聯想到萬聖節咖啡廳——

「再來只要妳把這個掛在脖子上就行了。」

實璃好像早就做好準備了。

只要把寫著咖啡廳名稱與地點的小型看板，像是號碼背心一樣掛在脖子上，小朱莉就不需要逐一向客人宣傳了。

「嗚嗚～～！」

雖然實璃厚著臉皮拜託沒參加活動的小朱莉幫忙宣傳，但也有為她設想，讓她想要抱怨也說不出口。

不過，我能體會她現在的心情。因為我也經常被昴拐騙利用，所以能感同身受。

「宮前同學，先不要激動嘛。如果妳願意幫這個忙，我們就免費招待妳在這裡用餐！」

「免、免費招待……！」

啊，她動搖了。

與小朱莉同居之後，我發現她的金錢觀其實跟普通人差不多。

即便宮前家很有錢，她卻很節儉，對「特價」和「免費」這類字眼毫無抵抗力。

「不光是這些服裝，我們在餐點和飲料上也很用心喔。畢竟櫻井同學幫我們省下不少治裝費。」

「哼，知道我的厲害了吧。」

「原來是這樣啊……小璃果然很厲害……！」

小朱莉開始流口水了。

看來她的心完全被打動了。

「沒、沒辦法呢，真是拿妳沒辦法呢……」

小朱莉露出傻呼呼的表情，立刻幫自己點了份蛋糕。

可是，俗話說得好，「免費的東西最貴」。

一旦小朱莉在這裡吃下免費的蛋糕，之後就算反悔，也無法放棄這個幫忙宣傳的任務……

（算了，就順其自然吧。）

老實說，看到她穿著這麼可愛的服裝，我覺得要她立刻脫掉有些可惜。

雖然小朱莉可能會感到難為情，覺得很不自在，但如果我把自己的欲望擺在第一位，就應該放手不管——

（……糟糕，怎麼有種好像連自己都被收買的感覺？）

我忍不住如此自嘲，默默看著這樣的小朱莉。

第5話

關於我跟朋友妹妹一起享受文化祭這件事

後來又過了三十分鐘左右，我們才離開萬聖節咖啡廳。

「呼……話說回來，小璃真的很厲害呢。」

「哦～我也這麼覺得。」

雖然那些出去招攬客人的男學生，後來也帶著客人回來了，但他們看到實璃的時候都嚇傻了。

不過，無論是男是女，大家都忍不住盯著她看，而且沒人覺得她穿成那樣很不檢點，所以我只能說她真的很厲害。

「畢竟人家免費招待我們，那就要在文化祭上逛個過癮，努力幫忙宣傳！」

「是、是啊。」

她應該是想要幫同學的忙吧。

小朱莉就這樣穿著小魔女的衣服幫自己打氣。

……順帶一提，我的餐點與飲料都不是免費招待，這件事還是別告訴她比較好。畢竟我不需要幫忙做些什麼，就算要付錢也是心甘情願。

「小朱莉，妳有什麼想去逛逛的地方嗎？」

「我想一下喔。剛才吃了不少蛋糕，現在不是很想去賣食物的攤位……」

「啊哈哈，畢竟妳確實吃了很多呢。」

「嗚……！反正只有今天而已！我明天就會開始減肥了！」

因為是免費招待，小朱莉吃了三塊蛋糕。

雖然店裡的人有些嚇到，但他們也沒有太過驚訝，應該是早就猜到她可能會吃那麼多了吧。

「那我們就不去賣食物的攤位。反正現在就快中午，那些攤位大概都已經人滿為患了吧。」

「是啊。啊，我想到一個想去看看的地方了……！」

說完這句話之後，小魔女朱莉就帶著我走下樓梯——

我們來到位在校舍三樓的鬼屋。

「學長之前不是跟我聊到過你們班上開設的鬼屋嗎？所以我才想過來看看。」

「經妳這麼一說，我也想進去看看了。」

於是，我們立刻排隊準備進場。

這裡是位置良好的三樓。或許是因為宣傳也做得很足夠，現場十分熱鬧，甚至還要排隊才能進場。

而且只要仔細觀察，就能找到一些像小朱莉這樣做了扮裝的學生。

這麼說來，我還在這裡讀書時好像也是這樣。

班上還有同學為了宣傳我們的鬼屋，故意穿著破破爛爛的和服在外面亂晃。

所以小朱莉這身小魔女裝扮，其實並不會太過顯眼——

「喂，你看那個女孩。」

「天哪～她好可愛喔！」

「哦，原來還有萬聖節咖啡廳，感覺好像很有意思耶～」

不過，因為模特兒實在太出色，所以還是讓她顯眼到不行！

「嗚嗚嗚……我穿成這樣果然很引人矚目對不對……？」

她本人應該更能感受到那些目光吧。

小朱莉瑟瑟發抖，努力想要躲到我身後。

雖然她平常應該很習慣別人的目光，但現在做了扮裝，不是很習慣這種感覺，可能因此變得更為敏感。

這種反應讓我覺得很有趣，也很可愛……突然有點想要捉弄她一下。

「是因為妳本人很可愛，才會這麼引人矚目吧？」

「咦……！」

小朱莉似乎沒料到我會說出這種話，紅著臉跳了起來。

「請、請不要說那種話捉弄我啦！」

「我不是要捉弄妳。這是事實。」

「……學長該不會是要說這身打扮看起來真的很幼稚吧！」

小朱莉終於恍然大悟，氣得鼓起臉頰。

她這種幼稚的舉動也很可愛……我只能說，決定讓小朱莉穿上這套衣服的傢伙是個天才。

因為這裡是公共場所，我只能跟她說說話，如果是在兩人獨處的地方，我實在很想摸摸她的頭，直到頭髮全都亂成一團。

「嗚嗚……學長跟小璃是不是都把我當成小孩子了？我說過好幾次了，我們兩個只差一歲喔。而且只要不是跟小璃站在一起，我看起來也不會特別年幼……雖然前提是不能跟她站在一起……」

她自己似乎也那麼認為，說話的聲音變得愈來愈小。

「以前有發生過什麼事嗎？」

「我以前跟小璃一起去買東西的時候，曾經有人問我是不是她的妹妹……我也知道自己跟小璃在一起的時候，總是會忍不住向她撒嬌，但這也是她太過成熟害的！」

「等一下。」

「咦？」

我忍不住打斷小朱莉的話。

並非對她跟實璃的經歷不感興趣。

可是，現在有個更在意的問題。

「那句話是誰說的？」

「什麼？」

既然她是跟實璃一起去買東西，那應該只有她們兩個人才對。

要是有人突然問她們兩個是不是姊妹，那對方顯然是——

「下一組客人請進～！」

「啊……」

我還來不及說出這句話，前一組客人就走出鬼屋，輪到我們兩個進場了。

「那、那我們就進去吧。」

「好、好的……？」

因為話還沒說完，小朱莉看起來有些無法釋懷，但她還是點了點頭。

然後我踏進鬼屋，同時感到強烈的自我厭惡。

（我真是個大笨蛋。到底在生什麼悶氣啊……！）

聽到小朱莉那麼說，我忍不住想像那個畫面，心情擅自變得很差。

而且差點就要把氣出在小朱莉身上了。

（我真是太沒用了。好遜。丟臉死了……）

這些自我厭惡的想法變得愈來愈強烈，幾乎要把我壓垮了。

我並沒有生氣。

只是……也不知道該怎麼形容這種心情。

「學、學長？」

「唔！什、什麼事？」

「呃……就是……沒、沒想到這裡其實挺可怕的……」

聽到她這麼說，我才頭一次看向這間鬼屋裡面的樣子。

原來如此，確實做得很不錯。

鬼屋裡面相當昏暗，還播放著可怕的背景音樂，而且還設置了許多轉角與黑幕，讓人很難看清楚前方有什麼東西，算是有澈底掌握布置鬼屋的基本原則……這些都是昴告訴過我的事情。

如果是害怕靈異現象的小朱莉，光是這種氣氛應該都會讓她相當害怕。

「對、對不起。學長，我知道這樣可能會不好走路，可是……」

小朱莉抓住我的手臂。就算這裡很昏暗，我還是知道她現在的臉色一定很難看。

看到她嚇成這樣——

「需要牽著妳的手嗎？」

我忍不住說出這樣的提議。

「咦？」

「因為……我覺得這樣妳應該就不會那麼害怕了。」

「真、真的可以嗎？」

「嗯，當然可以。」

我這麼說道，然後握住她的小手。

我知道自己應該隱瞞我們兩人正在交往這件事。

因為這樣對她比較好……不過，心中還有一股完全相反的欲望。

（想讓大家都知道小朱莉是我的女朋友。我心中還有這種自私的欲望。）

連我都覺得自己很沒出息。

如果小朱莉知道我有這種想法，應該會對我感到幻滅吧。

要是讓她知道，我說要讓她放心只是藉口，其實握住她的手，只是想要讓自己感到放心，她一定會非常失望。

「我～好～恨～啊……」

「呀啊啊啊！」

……唉，我想小朱莉現在應該也沒心情去想其他事情吧。

◇◇◇

「呼～呼……以、以高中生擺設的攤位來說，這間鬼屋還算不錯呢……」

花了幾分鐘逛完鬼屋後，小朱莉誠實說出自己的感想。

「需要手帕嗎？我看妳流了很多汗喔。」

「這、這種事不用說出來啦！不過，手帕我就心懷感激地借用了。」

為了避免擋到別人的路，我們走向走廊的盡頭，也讓小朱莉有時間調整呼吸。

那間鬼屋確實做得相當不錯。

雖然教室的面積不是很大，裡面還是設置了許多嚇唬人的機關。甚至還能聽到其他客人的尖叫聲。

仔細一看就能發現，排隊的人比我們進場的時候還要更多了。由此可見，即便時間還沒過多久，口碑依然有傳開來。

要是讓昴看到這種狀況，他應該會燃起鬥志，想要跟對方一較高下吧。

「學長，謝謝你的手帕……」

「不客氣。」

「學長覺得那間鬼屋怎麼樣？」

「啊……」

其實我一直在想別的事情，但這種話實在很難說出口。當我這麼想的時候，小朱莉突然露出賊笑看了過來。

「其實學長也很害怕對吧？」

「咦？」

「因為你在鬼屋裡面一直緊緊握著我的手。」

「啊，不，那是因為……」

……看來她一直都有注意到我的反應。

不過其實那不是因為我害怕鬼屋……

「難道不是這樣嗎？那理由又是什麼……？」

然而，理由我說不出口。

要是說了，她一定會覺得很傻眼。

甚至有可能對我感到幻滅，變得討厭我這個人。

（我不懂……不知為何，就是覺得很不安……）

仔細想想，自從來參觀文化祭之後，這種感覺就一直存在。

我跟小朱莉一起在這棟校舍裡閒逛，原本應該感到很開心，但心裡的不安卻愈來愈強烈。

「咦？宮前學姊？」

「啊，大場學妹！那個……學長，她是我在委員會的學妹……」

「沒關係，不用在意我。去跟她聊聊吧。我會等妳的。」

「不好意思。謝謝學長。」

小朱莉小跑步奔向那位呼喊她的女孩。

雖然聽不到她們在聊什麼，但好像是在為這次偶遇感到開心，還聊了小朱莉身上的服裝。

（宮前學姊啊……）

儘管不曉得那位大場同學是一年級還是二年級的學生，但是小朱莉對她來說就是學姊。

她眼中的小朱莉當然也跟我這個學長眼中的不同……而我不認識那樣的小朱莉。

不光是那個女生。在這間學校裡，還有這些在文化祭上擦肩而過的學生之中，應該有好幾個人都認識我所不知道的小朱莉吧。

這是理所當然的事情。我早就知道了。可是——

（想不到這種理所當然的事情，竟然會讓我感到這麼煩悶……！）

我所認識的小朱莉，不過只是一小部分。就只有在這個夏天見到的小朱莉。

從未見過她的其他面貌。

竟然現在才體認到這個事實。

「學長，不好意思讓你久等了！」

「啊……嗯，妳們說完了嗎？」

「說完了。畢竟我們只是碰巧遇見。」

看著對我微笑的小朱莉，讓我有種想要問個清楚的衝動。

想問她剛才跟別人聊了什麼……不過，問那種問題就真的管太多了。

只能硬是把疑惑吞進肚子裡，用笑容掩飾自己真正的心情。
我們在今天來到這裡，是為了獎勵努力讀書的小朱莉。
讓她玩得開心，遠比解決我的煩惱重要多了。
「那個……我們接下來要去哪裡逛逛才好？」
「只要是妳想去的地方，我都會奉陪到底喔。」
「那我想想……反正肚子還很飽，不然就照順序把看到的攤位全逛一遍吧！」
「嗯。」
小朱莉的笑容讓我感到安心的同時，我們再次並肩而行。

◆◆◆

像這樣在學校裡跟學長並肩而行，有種不可思議的感覺。
因為我在這棟校舍裡見到的學長，一直都是高高在上，也是心目中那個遙不可及的存在。
我會偶然在走廊上與他擦肩而過，也會在不經意俯視操場的時候，碰巧看到在上體育課的他，也會假裝去送便當給哥哥，順便跟他說幾句話……也就只有這樣。

我們當然不可能一起逛文化祭，但這一直是我的夢想……

（這個夢想現在竟然成真了……！）

學長畢業之後，我一直以為這個夢想絕對不可能實現，甚至連想像都不敢。

要不是小璃從背後推了一把，我根本沒想過要去做這件事。

這是一段快樂的幸福時光，讓我有好幾次都懷疑自己是在作夢。

（可是……）

我偷偷看向身旁的學長。

「哦……這些都是手工製作的嗎？真是厲害。」

我們來到美術社的作品展，而學長正在認真端詳社員製作的迷你模型。

學長現在……就跟平常沒兩樣。

不過，他偶爾會給我一種心不在焉的感覺，好像有什麼心事，沒有發自內心享受這個約會。

希望這只是我想太多了……

「每一樣作品都很厲害呢。就算告訴我這些都是專家的作品，我這個外行人也會相信。」

「是啊，我也嚇了一跳呢！」

我們走出舉辦作品展的教室，同時交換彼此的感想。

學長沒有那種在勉強自己的感覺，明白他說的是真心話，我心裡覺得很高興。

「那我們接著要去哪裡？小朱莉，妳有什麼想去的地方嗎？」

「啊……讓我想一下……」

看完剛才的作品展之後，這個樓層的攤位也算是逛得差不多了。

如果還要去其他地方，那就只能往樓上走，不然就是去逛逛操場上的攤位，或是去欣賞體育館裡的舞台表演。

我一邊想著這個問題，一邊盯著活動介紹手冊……但就是找不到想去的地方。

「學長你呢？有什麼想去的地方嗎？」

「我……妳不需要顧慮到我。畢竟我們今天來這裡是為了獎勵妳。」

學長客氣地笑了笑。

他給人一種好像刻意要保持距離的感覺，讓我感到心痛。

（學長該不會其實不想來參觀文化祭吧……）

只是稍微感到不太對勁，就這麼懷疑，可能是我太過神經質了吧。

不過，學長原本不打算在老家這邊待到今天。

因為我想一起參觀文化祭，才讓他不得不留下……

雖然是學長主動提議，說只要我能通過小璃的測驗，就要給我獎勵，但那很可能只是他貼心的話語。

「學、學長！」

「嗯？」

「……沒事！我覺得肚子有點餓了，要不要去買點東西來吃？」

「好啊，我贊成。」

……說不出口。不敢問他。

因為我在學長身上感受到的反常，說不定只是想太多了。

要是問了不必要的問題，造成最壞的結果……

這讓我感到害怕，只能把來到嘴邊的問題吞回去。

◆◆◆

我們來到操場上，很快就看到許多以運動性社團為主的攤位。

從學校的大門也能來到這裡，讓這裡跟祭典一樣充滿活力，我也充滿了期待。

總覺得這裡很有文化祭的感覺！

——咕嚕～

「啊……！」

「啊哈哈，妳的肚子這麼快就餓了嗎？」

「嗚……」

我的肚子擅自發出叫聲，學長則故意開口捉弄我。

這讓我覺得很難為情，但可以跟他輕鬆對話，又令我感到開心……少女心果然很複雜。

「對了，學長。你以前參加的田徑社也有擺攤呢。」

「是啊，我早就看到了，他們今年好像是賣法蘭克福香腸。」

「你說看到是指活動介紹手冊的內容嗎？不是聽他們直接告訴你嗎？」

「啊哈哈……我們社團不是很認真，幾乎不會跟畢業的學長姊交流。所以我今天突然過去，他們可能會嚇一跳吧。」

學長尷尬地搔了搔臉頰。

說不定他現在有點緊張。

畢竟對學長來說，那是雖然為數不多，但絕對能遇見熟人的地方。

「不過，都來到附近了，不過去看看也很奇怪。我是不是該去露個面呢？」

「當然要去啊！」

畢竟我沒有理由反對，而且學長主動說他想要去某個地方，我也覺得很開心，便使勁地點了點頭。

「我找找看……啊！看到了！法蘭克福香腸就在那邊！」

我才剛發現攤位，就立刻衝了過去。

「那個～」

「歡迎光臨，請問要來根田徑社特製的法蘭克福香腸嗎！這位小魔女小姐……？妳該不會是宮前吧！」

站在攤位前面的男生驚訝地看著我。

奇怪？怎麼好像曾經見過這個人……？

「我是三宅啊！隔壁班的三宅！」

「呃……你是三宅同學？」

「唉……我們確實不曾同班，不過妳總該有點印象吧？」

三宅同學失望地垂下肩膀。我想起來了，他好像真的是三宅同學……的樣子？

我似乎曾經聽過別人這麼叫他。

「天啊，妳竟然想不起來。不過，以後要記住我這個人喔！」

「我、我會的。對不起喔。」

三宅同學興奮地對我豎起拇指。

他是那種個性開朗的外向男生，我有些不擅長應付這種人。至少我敢說他跟小璃絕對合不來。

「三宅學長，這是怎麼回事？這女孩超級可愛耶！」

又有一個人過來了。

這次是我真的完全沒印象的男生。

「你這樣跟學姊說話很沒禮貌喔。」

「學姊……所以她跟你同年紀嗎？那……咦！她該不會是你的女朋友吧！」

「喂！臭小子，不要亂說話！不是這樣啦！」

……他們好像聊得很興奮。

我不是很擅長應付這種情況。

就算他們在我面前聊得很開心，我一點都不覺得有趣，也不知道該做何反應。

很想叫他們別這樣，但要是我真的那麼做，別人就說我太過正經，不懂得配合，還會到處說我的壞話……最後留下不好的回憶。

難得今天可以跟學長一起出來，我現在到底該如何是好？

「三宅。」

「咦?啊,求學長!」

學長突然挺身站在我前面。

「玩笑開得太過火了喔。別讓人家感到為難。」

雖然學長用無奈的語氣這麼說……但他好像生氣了?

我有種快要起雞皮疙瘩的感覺,忍不住抬頭看向學長。

「咦……啊,宮前,對不起!我都是亂說的!你也是!開玩笑也該有個限度!」

「真、真的很抱歉……」

三宅同學與那位學弟都向我道歉了。

他們好像不是因為被學長責罵才做做樣子。

想不到問題竟然一下子就解決了。

不對,這都是學長的功勞。

追上先一步過來的我之後,他很快就掌握現場的狀況,然後做出最不會留下後患的處置。儘管這可能是我想太多了,但我覺得學長應該有辦法輕易做到這種事。

「對了。求學長,你怎麼會在這裡?」

「我是陪她來的。因為我們一起來參觀文化祭,才想順便來這裡露個臉。」

「咦？你們兩個是一起來的……？啊，想起來了！畢竟宮前是昴學長的妹妹嘛！不好意思，我差點就想歪了！」

雖然三宅同學有一瞬間用疑惑的眼神看過來，好像在懷疑我們是不是男女朋友，但他才剛挨罵，不敢說出這樣的想法，只好做出這樣的結論。

不過，其實我們是真正的男女朋友喔！

「啊，對了，求學長。我來介紹一下，這傢伙是今年剛加入的一年級新生。」

「原來如此，怪不得從來沒見過他。」

「坂本，他就是去年畢業的白木求學長。他跑得超級快，根本不像是我們社團的選手～」

「我、我叫坂本！請學長多多指教！」

「你可以不用這麼緊張喔。請多指教。」

雙方打過招呼之後，學長就直接加入對話，跟他們聊起田徑社的事情，於是我退到後面看著他們。

（學長看起來好像很開心的樣子。）

他跟三宅同學與那位學弟聊天的時候，經常會露出只在男性朋友面前展現的天真笑容，讓我感到心頭一暖，但他那種不會讓我看到的樣貌，也令人覺得有點寂寞。

真希望他能多在我面前展現這種毫無防備的樣子。

就是那種比較自然，也比較放鬆的樣子……對了！就跟小諾亞給人的感覺一樣！

比如說……

「學長，來吃飯吧～」

「嗯……」

「真是的～你總是一直在玩手機，這樣真的會變成小豬喔。」

「好啦……」

「呀啊！真是的，學長，你怎麼突然亂抱人？這樣太隨便了喔。看來你真的不能沒有我呢。」

「小朱莉……」

「學長，我絕對不會離開你喔。會一直陪在你身邊，每天都輕輕摸你的頭喔♪」

……大概就是這種感覺吧。

「這樣好像有點太誇張了呢……欸嘿嘿……」

我一個不小心就沉浸於幸福的妄想之中了。

不過，畢竟大家都說寵物會跟飼主很像，所以反過來也有可能嘛。

就算是在旁人眼中，小諾亞也顯然對學長毫無防備，總是一副嬌滴滴的樣子。如果學長也有那樣的一面，希望他能對我展現出來呢。

「啊……求學長！」

「……嗯？」

女孩子呼喊學長的聲音，突然撼動了我的鼓膜。

「咦，樫本？三宅，你們今年也是跟女生一起開店嗎？」

「是啊。如果我們不這麼做，就無法跟其他社團一較高下！」

「三宅，假如你是認真想跟其他社團一較高下，不是應該先提升食材的品質嗎？這些應該都是超市的量販食品吧？」

「等等，求學長，你說這種話已經算是妨礙營業了喔。」

「就～是說啊！求學長，拜託你不要不理人家啦～！」

「樫本，不好意思。我沒有不理妳的意思。」

那、那個不斷往學長身上靠過去，像是要向他撒嬌的女生到底是……！

根據他們的對話，我知道那女生是女子田徑社的社員，但也就只有這樣！

「現在是你們三個負責值班嗎？」

「是啊，不過我只是讀書太累想要休息一下，才會自己過來找他們玩。」
「話說求學長，如果我早就知道你會過來，就會先打扮一下了～」
「說什麼打扮……反正妳都是穿運動服不是嗎？」
「三宅學長！你這樣說太過分了！就是因為這樣，才沒有女生喜歡你！」
「這是兩回事吧！還有，拜託妳不要說得那麼直白好嗎！」
樫本學妹這位女生加入之後，他們又聊得更開心了。
而我完全被晾在一邊……不過，因為我是故意要躲起來，其實沒差就是了。
就算他們顧慮到我，硬是讓我加入對話，大概也只能在旁邊陪笑吧……但是，看到樫本同學跟學長那麼親密，還是覺得不太舒服！
雖然學長還是一樣遲鈍，好像完全沒發現，樫本同學顯然是故意要親近學長。
我猜她應該是喜歡學長，就算沒有到那種地步，大概也是故意要博取學長好感。
（嗚嗚……！）
煩死人了。學長明明是我的男朋友耶！
不過，要是我因為心裡不高興，在這種時候說出這件事，會給人一種我是想炫耀這個男朋友，才會跟學長交往的感覺……這讓我不敢說出這件事。
「抱歉。還有人在等，我差不多該走了。」

「咦～可是我才來沒多久耶……咦？你不會是說那位小魔女吧！」

「就是她。宮前，不好意思。我不小心聊太久了……」

「沒、沒關係，你不必放在心上。」

比起那種事情，學長又在我心情變差的時候替我解圍，讓我感到驚訝多了。

他明明就很遲鈍，總是無法察覺女孩子（包括我在內）的心意，但現在都會隨時注意我的反應，我覺得非常開心……一個不小心就臉紅了。

「對了，求學長。拜託捧場一下，買個法蘭克福香腸再走啦！」

「說得也是。那我就買兩根吧。給我那種已經烤好的就行了。」

「沒問題！」

後來他們很快就完成交易。

學長付好錢之後，順手接過兩根塗上番茄醬與芥末醬的法蘭克福香腸。

「那我們先走了。麻煩你幫我向其他人問好。」

「沒問題！感謝惠顧～！」

接著學長隨口向他們道別，然後就此離開田徑社的攤位。

我當然也跟著他離開，但——

「這樣真的好嗎？其實你可以再待久一點……」

「剛才那樣已經算是聊太久了。對不起，我明明是說要去露面一下，結果卻聊了那麼久。」

學長深深地嘆了口氣，露出有些疲倦的笑容。

「學長，你是不是逛得有點累了？」

「啊……不是，我只是不太擅長擺出那種學長的架子。」

「咦？是這樣嗎？」

「妳覺得很意外？妳到底覺得我是什麼樣的人啊……」

學長露出苦笑，把一根法蘭克福香腸遞給我。

雖然這根香腸不是剛烤好的，還是有些溫熱。

「因為昴都會率先跟那些學弟妹打交道，所以我只需要跟在他旁邊。反正我不是那種好學長就對了。畢竟國中時期也幾乎只跟實璃混在一起。」

原來是這樣啊……

對我來說，學長一直都是我小學時期在夏令營認識的那個「求同學」。

他非常可靠而且很帥氣，總是那麼耀眼……老實說，這點直到現在都沒有改變。

當然，除了那些讓我心儀的優點，還發現他意外地純真，有許多可愛的地方。不過，即使變得更了解他……我心目中的學長一直都是那個樣子。

「而且我也不想讓妳感到無聊。」

「我、我沒有那麼想喔。」

「真的嗎？可是妳的想法都寫在臉上了。」

「嗚……！」

我完全被他看穿了。

而且他連我心裡想著「被他猜中了」也完全看穿，學長忍不住大聲笑了出來。

「哈哈哈，現在的妳真是太好懂了。」

「我、我只有在你面前才會這樣！」

沒錯，只要是在學長面前，我就會變回自己真正的模樣。

平常總是會裝模作樣，想讓他看看我最好的一面……但我應該是在不知不覺中忍不住想要讓他看看真正的自己。

我比誰都要清楚，也覺得那個真正的自己非常任性。

「妳有時候真的很好懂呢……」

「學長，你剛才說了什麼嗎？」

「啊，沒什麼！那個……對了，只吃法蘭克福香腸好像不是很夠，我們要不要多去幾個攤位逛逛？」

「學長是不是在應付我？」

「沒那種事，是妳想太多了。」

「真是的……」

學長明明就是在應付我，讓我忍不住小聲抱怨，但他還是只會偷笑。他絕對是明知故犯！

……可是，總覺得學長的精神好像沒那麼緊繃了。

看到學長變回我們以前同居時那種自然的樣子，我也覺得很開心。

唯一想抱怨的地方……就是他真的太沒戒心了！

剛才跟樫本同學聊天的時候就是這樣。

而且現在也是——

「咦？你該不會是白木學長吧？」

「啊，我記得妳是足球社的經理……大村學妹對吧？」

「對，你沒記錯！我們明明只說過幾次話，你竟然還記得，好開心喔！」

……嗚嗚嗚。

就算我們來到其他社團的攤位，也還是有許多人過來找學長說話，而且幾乎都是女生！

雖然運動性社團之間有交流也很正常，但他竟然連其他社團的社團經理，而且還是不同學年的女生名字都記得……對方應該會覺得很高興，而且這也證明學長做人很成功，然而我的心情實在很複雜。

（他當初明明就忘記我了。）

即便對學長來說，我從一開始就是「宮前昂的妹妹」，其實早在更久以前，我就比哥哥還要早認識他了！

（……事到如今，我也不想舊事重提了。）

那對我來說是一段美好的回憶。

不久前還在煩惱，要是說出這件事，結果他還是想不起來，那麼到底該怎麼辦，但順利跟學長交往之後，我開始覺得把這段回憶當成只屬於自己的寶物也不錯。

「小朱莉，讓妳久等了。我把東西買回來嘍。」

「謝謝你。學長，下次換我去買吧。」

「……不，還是讓我去吧。因為這次是我要請客。」

「可是……」

「妳不要再說了。」

後來學長還是堅持不讓我去買東西，只能鬱悶地看著那些女生去找他說話，但學

長為我做這些事的體貼，又讓我覺得很感動……我明明只負責等待，卻度過了一段內心非常忙碌的時光。

◆◆◆

「啊，這個好好吃喔！」

「嗯，是啊。」

在攤位買了幾樣食物之後，我們來到同樣位在操場上的用餐區，開始享用這些戰利品。

因為逛了好幾個攤位，前面買好的食物都涼得差不多了，但味道還是很不錯。

「食材明明不怎麼樣呢……」

「呵呵，難道不是因為在這種地方用餐，不管吃什麼都會覺得特別好吃嗎？」

我們吃了法蘭克福香腸、炒麵、章魚燒、炸雞與巧克力香蕉。

雖然這些食物都很常見，但也很有文化祭的感覺，每一樣都很好吃，我們也吃得很開心。

每次只要來逛這種活動，就會害人忍不住吃下一堆垃圾食物，之後才感到後悔。

就這種意義來說，縱使攤位沒有很多，我跟學長一起去過的那場煙火大會，或許才是最棒的。

「呵呵。」

「妳笑什麼？」

「我只是想起煙火大會的事情。」

「原來如此……」

學長也露出微笑。

雖然我在那天讓學長看到許多丟臉的一面……但也是因為有那天發生的事情，我們才能成為一對情侶。

現在才能像這樣待在學長身邊。

那毫無疑問是我人生中最棒的一天。

「我現在也還會想起那天的事情。」

「原來學長也是這樣嗎？」

我的語氣不由得激動了起來。

光是想到學長也是同樣的心情，就覺得很開心！

「是啊。我還記得妳當時突然就逃走了。」

「嗚……！」

我們明明就懷有同樣的想法，他怎麼就偏偏只記得我那種丟臉的事情！

我的臉頰變得滾燙！聽到他再次說起那件事，真的很難為情，丟臉到極點！

討厭，為什麼我不能整天都保持美好的一面！

「那、那種事就請你忘了吧……！」

「我想忘也忘不了。」

學長露出微笑，筆直注視著我。

——啊，他真的很喜歡自己眼前的人。

他那雙充滿愛意的眼睛，讓人能夠清楚感受到這件事。

而他眼中的女孩毫無疑問就是我……

心臟大力地跳著，甚至感到疼痛。

「…………」

「…………」

學長不發一語，而我也同樣沉默以對。

文化祭的喧囂聲也在不知不覺中消失。

我被學長深深吸引，整個人都快要無法呼吸——

——嘟～嘟～

「「……啊！」」

我的手機突然發出震動，讓我們同時回過神來。

文化祭的喧囂聲也再次出現……現場只剩下難以言喻的尷尬。

「啊……小璃傳訊息給我了！」

「是、是喔～！她說什麼？」

「我看看喔，她說我們拉太多客人，快要應付不來了，叫我們趕快收手。」

「什麼？」

「啊，她傳照片過來了……天哪！」

我把小璃傳過來的照片拿給學長看。

學長的表情也明顯變得難看。

照片裡是在走廊上排隊等著進到萬聖節咖啡廳的人龍。

隊伍長度就跟我們剛才去過的鬼屋差不多……不，應該還要更長才對。雖然這也是因為現在是午餐時間就是了。

「連只想上早班的實璃都還沒辦法下班，看來店裡真的很忙吧。」

「是啊……不過，這真的是我出來宣傳的功勞嗎？」

儘管我確實有照著小璃的要求，打扮成魔女的樣子，還一直掛著這塊看板到處亂晃，但我並沒有做任何幫忙宣傳的事情。

「不管怎麼說，看來還是照著小璃的吩咐，回去把這套衣服還給他們比較好。」

「說得也是……但我覺得有些可惜呢。」

「咦？」

「啊……沒有，我什麼都沒說。」

「不對！學長確實說了！我聽得一清二楚喔！你說覺得有些可惜！」

這句話就跟「可愛」是一樣的意思！

不管學長稱讚我多少次，我都會覺得很開心！畢竟開心的事情永遠不嫌多！

「欸嘿嘿……對了！難得有這個機會，我們一起拍張照吧！」

「咦？」

「因為……我以後可能再也沒機會穿成這樣了，而且也想做個紀念！」

「啊……說得也是。那就當作是做個紀念吧！」

「好的！」

我立刻站起來，走到學長旁邊，拿起了手機。

「我要拍了喔。」

雖然我事前毫無計畫，實在想不到該說什麼話……最後還是成功拍出一張兩個人都笑得很開心的照片。

「欸嘿，欸嘿嘿！我馬上把照片傳給你！」

我用Line把照片傳給學長，然後立刻設為手機桌布。

（我的寶物又變多了……！）

就算今天過去了，這張照片也會永遠留下來。

為了好好珍惜這張照片，絕對不讓資料消失，我還要確實地把照片上傳到雲端。

「對了，要是太晚過去，實璃肯定會忍不住多抱怨幾句。我們還是趕快把東西吃完，早點回去還衣服吧。」

「好啊！」

我懷著幸福的心情點點頭，然後趕緊把剩下的食物塞進嘴裡。

◆◆◆

當我們吃完午餐，回到小璃所在的六樓時，親眼目睹了那條遠比照片裡還要有魄力的排隊人龍。

「請大家不要推擠！耐心等候進場～！」

「我們已經限制每位客人的用餐時間。這點還請大家多多見諒！」

還有兩位店員出來幫忙整理隊伍，大聲向客人下達指示。

不難想像店裡現在有多麼混亂……！

「學長，我要趕快去把衣服換回來了。請在這裡等一下！」

「說得也是。要是我也跟去，應該只會礙事吧。」

「對不起……我很快就會回來了！」

我讓學長在遠離隊伍的樓梯邊等待，獨自快步走向萬聖節咖啡廳。

「啊，小魔女出現了！」

「她好可愛喔～！」

雖然有不少人都指著我這麼說，然而我完全不予理會。

如果是平常，我都會忍不住停下腳步，轉頭看向那些人，但學長正在等我回去。

只要遇到這種時候，我就會變成一個快手快腳的女人！……先不管到底是不是這樣，至少會想快點把事情辦完！

懷著這種想法，直接跳過萬聖節咖啡廳，走向那間用來代替更衣室的教室。

雖然覺得去跟她們打聲招呼比較好，但她們現在應該很忙，我過去可能會打擾到她們……這絕對不是在找藉口喔。

（抱歉了，小璃。我以後再來慢慢聽妳抱怨吧……！）

我暗自向她道歉，躡手躡腳地打開教室的門——

「啊，朱莉。」

「小小小小小小小小小小、小璃！」

「朱莉，妳很吵喔。」

小璃不知為何在教室（更衣室）裡。

不對，這裡不是只有小璃，還有好幾個人不知道在忙些什麼。

「妳、妳們在這裡做什麼啊？」

「因為某人的緣故，店裡的生意比預期中好上太多，東西都賣完了，現在只能請其他攤位幫忙，努力補足商品。」

如此說道的小璃把剛擺到盤子上的餅乾拿給我看。

「順便告訴妳，這些都是我們從料理研究社那邊買來的餅乾。」

「原來如此……」

聽說她們還從其他地方進了不少貨。

除了這些餅乾之外，還在料理研究社那邊買到瑪芬與杯子蛋糕。

好像還從操場上的運動社團攤位那邊買到炸薯條，拿到自己店裡賣。

「其實我覺得當我們準備的蛋糕都賣完的時候，就差不多可以收攤打烊了……」

「櫻井同學，妳到底在說什麼傻話啊！這種賺錢的好機會可不是每天都有耶！」

小璃一臉厭煩地這麼說，但一起忙著準備食物的木下同學打斷她，開心地笑了。

其他女生也是一樣。

大家都充滿活力，看起來非常開心。

「我們能在最後的文化祭過得這麼充實，都是宮前同學努力幫忙宣傳的功勞！」

「不、不客氣……」

「啊，妳是要換衣服嗎？可以不用管我們沒關係。因為妳要回來，我們早就把那些臭男生都趕到店裡，不然就是派出去補貨了！等妳脫掉那套衣服……我們就會另外找人穿上，派那個人去店裡工作！」

「啊，原來是這樣啊。那麼——」

「等等！這樣不行啦！」

「那、那種事我辦不到！」

「要我穿宮前同學穿過的衣服，門檻實在太高了！」

……大家好像都無法接受這樣的安排。

呃，我應該可以先把衣服脫下來吧……？我要脫了喔？真的要脫了喔～？

「這還真是傷腦筋呢。不過，我也懂妳們的心情……」

木下同學交叉雙臂，陷入沉思。

然後她在教室裡四處張望，最後把視線停在某人身上。

「對了！櫻井同學應該可以吧！」

「嗯？」

那個人……就是小璃！

「櫻井同學是不會輸給宮前同學的超級美少女！就算穿上那套小魔女服裝，應該也不會有問題！」

「可是我——」

「對喔！木下同學，果然還是妳聰明！這真是個好主意！」

正當小璃準備說些什麼——以我對她的了解，她應該是要拒絕時，其他女孩紛紛表示贊同。

「櫻井同學那種成熟的氣質，跟小魔女那種有些幼稚的感覺，正好形成巨大的反差……不用實際看到，就知道一定很可愛了！」

「是啊……！這簡直就是一種革命！」
「說不定有機會超越宮前同學喔！」
然後眾人無視我和小璃，自顧自地愈聊愈興奮。
不過，我本來就是外人，只是暫時過來幫忙，但我試著想像小璃穿著這套衣服的樣子，也覺得應該很適合她。不，是絕對！百分之百適合！
「拜託了！這裡有資格繼承宮前同學的任務，繼續扮演小魔女的人只有妳了！」
「不會吧……」
小璃露出毫不掩飾的厭惡表情。
我想起來了。小璃曾經說過，她今天只負責上早班。其實應該早就下班了。這可能讓她累積了不少壓力吧……
我趕緊跑到小璃身邊，對她小聲說道：
「小璃，如果妳真的不方便，要不要我去店裡幫忙？」
「什麼？」
「雖然我確實是個外人，但也是妳的好朋友，不能把事情都丟到妳頭上……」
「笨蛋。」
小璃豎起食指，抵住我的嘴唇。

她用手勢要我別再多說，於是我只能閉上嘴巴。

「朱莉，妳還在約會吧？這可是妳努力贏得的獎勵，別因為同情就輕易放棄。」

小璃用只有我能聽到的音量小聲回答……然後無奈地深深嘆了口氣。

「算了，要是去店裡當服務生，應該也能轉換心情，比起繼續待在這裡做事來得好……」

聽到小璃認輸，教室裡的所有人都興奮了起來。

「謝謝妳！總監大人！」

「妳們是不是讓總監做太多事了……」

小璃一副垂頭喪氣的樣子。

不過，雖然看起來很不情願，但最後還是願意幫忙，讓我覺得她是個責任感很強的人。

其他人好像也只把小璃的怨言當成是一種表演，現場氣氛好到不行。

……唉，小璃應該是發自內心感到厭煩，也是真的不太情願吧。

「奇怪？小璃，妳剛才身上那套有點色情的衣服呢？」

「啊……因為那套貓耳狼少女服裝太過裸露，老師過來罵人，只能封印那套衣服。」

「不會吧～！這樣太可惜了！」

「就是說啊。」

她穿起那套衣服非常好看，而且又很帥氣，就跟真正的模特兒一樣。

不過，如果那套衣服不能繼續穿了，我可以在早上親眼看到，應該算運氣好吧。畢竟我們還一起拍了照片。

而且我也覺得大家沒有說錯，小璃穿上這套魔女服裝絕對會很可愛，我也充滿了期待。

「朱莉，等妳脫掉那套衣服，就拿來給我穿吧──」

「好的！我馬上就脫掉！給我十秒！」

「……我沒有要催妳的意思。」

小璃一副毫無幹勁的樣子，但我還是快速脫掉這身服裝，重新換上制服。

然後，小璃慢吞吞地換上魔女服裝，就像是要一步一步慢慢前進的樣子。

那套魔女服裝超級適合她，差點萌殺我跟教室裡的其他人。

第6話
關於我跟朋友妹妹兩人獨處這件事

「學長！真的很對不起！」

「不、不用向我道歉啦！」

小朱莉前往萬聖節咖啡廳差不多有二十分鐘之久了吧。

她慌慌張張地跑回來，然後立刻向我低頭道歉。

「明明知道你還在等，我卻沒有趕快回來……真的很對不起。」

「沒關係，我一點都不在意。」

我猜她可能是被實璃纏上，不然就是跟朋友聊了起來，而這些都不是需要生氣的事情。

不過，因為今天一直跟打扮成小魔女的小朱莉在一起，看到她重新換回制服，讓我稍微找回了平常心。

「萬聖節咖啡廳那邊沒問題吧？」

「沒問題，大家都充滿鬥志呢。她們還說絕對要把握住這個賺大錢的機會，就只有一個人例外。」

「啊哈哈，我好像知道那個人是誰。」

「不過，她要繼承我那套魔女服裝，回到店裡當服務生喔。」

「咦……？」

這倒是讓我有些意外。

她應該是拗不過其他人，覺得放棄抵抗比設法拒絕還要輕鬆，才會答應那麼做。

就當作那傢伙其實也樂在其中吧。

「那我們接下來要去哪裡？」

「關於這件事……我們這次就去學長想去的地方吧！」

「咦？妳要讓我決定？」

「是啊。因為學長一直把這次約會當成給我的獎勵，太客氣了。」

「可是……我們剛才也去過田徑社的攤位，那就是我想去的地方了。」

「就跟我要去萬聖節咖啡廳一樣，那是我們本來就要去的地方，所以不算數。」

看來我好像無法拒絕。

雖然小朱莉不肯退讓，但我也沒有特別想去的地方——

「……啊！」

「學長！你剛才想到了對不對！想去什麼地方！」

「呃，可是……嗯……」

「為什麼你要猶豫呢？別客氣，直接說出來吧。」

「可是，要是我說了，妳可能會生氣。」

「我不會生氣的。」

「……絕對不會？」

「絕對不會！」

我真是太不小心了。

不過就算隨便找藉口敷衍她，應該也會被看穿吧……看來現在只能實話實說了。

「那我要說了喔……」

「洗耳恭聽！」

小朱莉用滿懷期待的閃亮眼神看著我，讓我必須鼓起勇氣才說得出口，最後還是勉強說出自己想去的地方。

◇◇◇

差不多過了五分鐘之後……

「哼……」

就跟預料的一樣……走在我旁邊的小朱莉鼓著臉頰。

「對、對不起，不然我們也可以現在就回去——」

「不用了。我都保證過不會生氣了，而且真的沒有生氣。畢竟是我說要去你想去的地方，根本沒道理生氣。」

嗚……就算她沒有生氣，現在的心情應該也不是很好。

為什麼我剛才不能把事情處理得更圓滿一些呢？

「其實我真的完全不在意，只是……覺得有點對不起。」

「咦？小朱莉，妳怎麼會有這種感覺？」

「因為……學長，其實你根本就不想來參觀文化祭，才會問我要不要出去一下，不是嗎？」

如此說道的小朱莉低下了頭。

「妳、妳誤會了！今天要跟妳一起參觀文化祭，我也一直都很期待！沒騙妳！」

雖然我知道可能會害她這樣誤會，但沒想到會害她沮喪成這樣。

我拚命這麼解釋，但小朱莉還是沒有抬起頭。

看來……得把話說清楚了。

我要說出自己真正的想法。

「小朱莉，要走一段路，妳可以陪我一下嗎？」

「咦……嗯，沒問題。」

於是我握住她的手。

儘管感覺像硬逼她聽我的話，有些過意不去，但這些話也不適合在路邊告訴她。

（記得要從學校走去那裡，應該還不算太遠。）

為了不再繼續犯錯，我邊走邊整理自己的心情。

可是我愈是正視自己的心情，心臟就跳得愈大聲，無論如何就是無法平靜下來。

◇◇◇

「天哪！這裡……！」

「妳來過嗎？」

「沒有，我知道有這個地方，但還是第一次來！」

我們從高中走了十幾分鐘的路。
我帶著小朱莉遠離車站等地所在的鬧區，來到一個位在冷清住宅區上方的小型景觀公園。
因為要先爬坡才能來到這裡，過程有些累人。而且從這裡看到的景色，也不過就是普通的住宅區，因此這個公園很少人來，但我很喜歡這裡的寧靜。
「我在田徑社練習路跑的時候，經常會來這裡。因為這裡的風吹著特別舒服。」
「原來是這樣啊……」
「不過，如果不是要練跑，我也不會來這裡。畢竟很少人知道這個地方。昴也總是嫌麻煩，不太會跟我一起過來。」
「啊哈哈，雖然對你有點不好意思，但我好像也能理解耶。因為我也一直想過來看看，卻遲遲沒有付諸行動。」
「假如沒有練習路跑這個名義，我大概也不會來到這裡喔……啊，我們先找張長椅坐下吧。」
畢竟站著說話也很奇怪，我決定先坐在長椅上。
這個公園還是一樣沒有別人，讓我覺得非常懷念。
「來，這是妳的飲料。」

「謝……謝謝學長。」

我一邊把在路上買來的瓶裝飲料拿給小朱莉，一邊喝下自己那瓶飲料。

好像重新活過來了。即便今天不是跑過來的，但我們在文化祭上逛了很久，有種麥茶的清爽苦味澈底滋潤身體的感覺。

「好棒喔……這裡很安靜，可以幫人放鬆心情呢。」

「真的。我甚至想要一輩子都待在這裡。」

「呵呵。學長的想法就像個大叔一樣耶。不過，我也是這麼想的。」

小朱莉輕聲笑了出來，愉快地閉上眼睛。

舒爽的風輕撫著臉頰，讓人感受到秋天的到來。

我們遠離文化祭的喧囂，在完全相反的寧靜之中，悠閒地度過這樣的時光。

在這個一不小心就會睡著的舒適環境之中，我開口說道：

「文化祭真的很有趣。我發自內心慶幸今天有去逛逛。小朱莉，謝謝妳。」

「真、真的嗎……？」

「我專程把妳帶來這種地方，可不是為了說謊喔。」

我原本就不是擅長說謊的人。

而且比起因為誤會讓小朱莉受傷，我更希望把真正的想法告訴她。

「不過……我確實不是只感到開心。如果是以前的我，肯定只會覺得開心。」

「原因該不會……就是我吧？」

「……對。」

那是我人生中最大的變化。

與小朱莉相遇。

就是因為跟她一起來參觀文化祭，才讓我今天無法只感到開心。

「學長……對、對不起，我——」

「小朱莉，我喜歡妳。」

「……咦？」

「咦？」

「咦咦咦咦咦咦咦咦咦咦！」

「喔！」

小朱莉出聲大叫，害我嚇了一跳。

我們的反應完全對不上……現場籠罩著微妙的沉默。

「抱、抱歉！我是不是說錯話了……？」

「不、不是！你沒有說錯話，我只是一時反應不過來……學長，你剛才是說喜歡我對吧？」

「是、是啊。」

「我、我就知道！我沒有聽錯對不對！欸嘿嘿……！」

小朱莉用雙手捧著自己紅統統的臉頰，試著讓臉頰冷卻下來。

儘管如此，她還是無法阻止嘴角上揚，看起來可愛極了。

「學長，你好討厭喔！這種話不能隨便說出來喔！」

「我不是隨便亂說的。因為……我也覺得很難為情。」

事實上，我現在手上滿是冷汗，心臟也跳得很激烈。其實在說出那句話之後，連自己都感到難以置信。

「不管你是不是隨便亂說的，我都……都覺得很開心喔。」

「那我是不是應該多說幾次……」

「不、不行啦！要是你常常說出來，那種感動……可能就會減弱，而且我的心臟會受不了！會幸福到死掉的！總之，請你把那句話留到重要時刻再說！」

「嗯、嗯，我明白了。」

我不想害死小朱莉，只好把那句話深深埋藏在心裡，點頭答應這個要求。

事實上，要是讓我多說幾次，心臟也會受不了，嗯。

「所、所以呢？學長對我的感情，那個……欸嘿嘿……跟今天的文化祭到底有何關聯？」

「……嗯。」

看著藏不住臉上笑意的小朱莉，我深深地吐了口氣，讓自己的心情平靜下來。

「不過，這些話可能又會惹妳生氣……因為我沒想到自己會這麼喜歡妳。」

「咦？」

「我在參觀文化祭的時候發現這件事。雖然這裡是我早就畢業離開的高中，卻是妳還在就讀的高中，這裡幾乎沒有還認識我的人，卻有許多同學與學弟妹認識妳，用仰慕的眼神看著妳。」

我清楚想起今天參觀文化祭時看到的景象。

在學校裡跟小朱莉碰面，一起前往萬聖節咖啡廳，還與打扮成小魔女的她一起逛了許多攤位，親眼見識到許多別人投向她的眼神。

「喂，她不就是那位宮前學姊嗎？」

「她真的好漂亮喔～」

「那種不同於平常的樣子也很好看呢。」

我對那些人口中的小朱莉一無所知。

徹底體認到原來自己認識的小朱莉並不完全。

「只要想到他們認識我所不知道的妳，就覺得很煩躁……對妳的了解不夠多，也讓我感到懊悔。」

我快要無法呼吸，只能拚命擠出最後這些話。

想要徹底了解一個人，本來就是絕對不可能的事情。我很明白這個道理。

不過，就憑這種理所當然的道理，根本無法壓抑我內心的情感……

（「愛情是盲目的」……看來我也沒資格嘲笑別人呢。）

我經常被迫聽昴說他跟女友的戀愛故事，也一直覺得他很誇張，為此感到傻眼，但實在想不到自己也會變成這樣。至少我沒跟昴說起這些事情。

「啊嗚……」

而直接聽到我這麼說的小朱莉，應該才是最感到困擾的人。

她不知道該做何反應，只能默默低頭看著自己的雙手。

「啊……呃，總之，我想說的就是……如果這樣讓妳以為我好像興致缺缺，我願意道歉。我是真的覺得很開心。」

不知道這樣說得夠不夠清楚？只希望她這次不要有所誤會。

想要正確傳達自己的心意，真的很不容易。

很多事情都必須說出來才能讓對方明白，就算真的說出來了，要是讓對方覺得不夠誠懇，也無法確實傳達。

反過來說，有些事情就算不用說也能傳達給對方。

雖然我還不是很擅長這種事，也會因此害她誤會……但不能因此就感到害怕，放棄傳達自己的心意。

即使可能會再次惹小朱莉生氣，我還是要不斷地讓她明白自己的心意。

「等、等等……」

原本一直閉口不語的小朱莉，拚命用顫抖的聲音如此說道，一副快要無法呼吸的樣子。

「這、這些話來得太過突然，我有點承受不住……那個……」

她變得滿臉通紅，眼神不安分地到處亂飄。

「妳、妳還好吧？」

「嗚嗚……請讓我先做個深呼吸！」

小朱莉大聲這麼要求，花了許多時間反覆做著深呼吸。

然後——

「……學長這樣太卑鄙了。」

「咦？」

她用雙手捧著臉頰，有點鬧脾氣地斜眼瞪著我。

「因為……我也有同樣的心情……」

「妳也是這樣嗎？為什麼——」

「那還用問嗎！當然是因為我最喜歡你了啊！」

我突然挨了一記強烈的反擊。

因為這句話來得太過突然，我有一瞬間無法理解……之後才開始感到從體內湧出的熱流。

「我最喜歡你了」……這句話不斷在腦海中迴盪……終於明白小朱莉為何不讓我說那種話。

「更重要的是，早在你喜歡上我之前，我就一直喜歡你了。我們喜歡對方的時間差太多了！」

小朱莉交叉雙臂，露出充滿自信的得意表情。

總覺得她現在散發出一種讓人無法插嘴的氣魄……！

「我一直只能在旁邊看著你，但你還有許多比我交情更好的朋友。我哥是一個，結愛姊是一個，小璃也算一個……還有剛才在文化祭遇到的田徑社社員，以及那些運動性社團的朋友。只要看到你跟別人開心聊天的樣子，就會覺得你離我很遙遠……」

「小朱莉……」

「不過，我是這麼想的——學長確實有我不知道的一面，但我今後還能認識更多的你！」

小朱莉露出燦爛的笑容。

她這樣笑起來實在很美——

「今天也是一樣，我只是覺得有些不開心，你就立刻過來關心我。而且只要我跟別人說話，你也會感到嫉妒，發現了你可愛的一面……光是這些新發現，今天就能算是我最棒的一天了。」

「最棒……？」

「對，今天是我最棒的一天！」

某種溫暖的東西碰到我的手……就算沒有低頭去看，也知道那是小朱莉的手。

然後，她溫柔地握住我的手，而我也很自然地回握她的手。

光是這樣就讓我的心得到滿足，忍不住笑了出來。

「我現在有時候還是不太敢相信。」

「不相信什麼？」

「不敢相信妳這種好女孩竟然會喜歡上我。」

我緩緩說出平常都會卡在喉嚨，絕對不敢說出來的真心話。

老實說，我一直想不通這件事。

雖然在煙火大會結束之後，就知道她有多麼喜歡我了，但還是不知道理由。

不過，我不認為小朱莉說她喜歡我是騙人的，因此一直覺得不需在意這個問題。

我自己也是在同居的期間不知不覺喜歡上她，並沒有什麼確切的理由。

所以，就算不知道理由——

「……你想知道理由嗎？」

「啊……」

小朱莉仰望著我這麼詢問，讓我有一瞬間說不出話來。

可是，腦海中清楚浮現「我想知道」這句話——於是想也沒想就點頭了。

看到我的反應，小朱莉微微一笑。她看起來很高興，也有些害羞。

「其實我早就不在乎自己喜歡上你的理由了……因為理由實在太多，多到我不知道該如何是好。」

小朱莉靜靜閉上眼睛，陷入沉思之中。

我不知道她會說出什麼話……心裡非常緊張。

「我覺得……或許是因為一見鍾情吧。」

她露出懷念過去的眼神，小聲低喃。

「啊，我當然不是只喜歡你的長相喔！雖然你的長相確實正中我的好球帶，也可能是你改變了我的好球帶……但這並不是喜歡上你的理由。」

「啊，呃，嗯……」

我不知道現在到底該做何反應，覺得很開心，也覺得很難為情。

「是你的心讓我一見鍾情。」

「心……」

「我們初次見面的時候，都不知道對方的名字，也還是頭一次見面，我覺得寂寞又不安，只想找個地方躲起來，但你溫柔地對我伸出了援手。」

初次見面的時候……？

我記得我們第一次見面，是在我去昴家裡玩的時候，而且我們當時根本沒說過幾句話……等等，怎麼覺得好像不是這樣……？

不知為何，總覺得自己在更早之前就見過她了。

國中……不對，好像是在我讀國小的時候……？

「你果然不記得了呢。」

「嗚！抱、抱歉……」

完全被她看穿了。

小朱莉不太開心地瞪過來，我只能羞愧地低著頭。

「如、如果妳不介意，可不可以直接告訴我——」

「不可以。」

立刻就遭到她拒絕了！

「雖然你不記得當時的事情，也讓我覺得很不滿，但只要我還記得就夠了。」

小朱莉笑個不停，享受著保有祕密的樂趣。

「這代表你不是因為我才那麼做……不管對方是誰，你都會做出同樣的事情。那種事對你來說一點都不特別，只是理所當然的行為。就是因為這樣，我才覺得你是個很棒的人，也發自內心慶幸自己喜歡上你，讓過去的我也能為此感到驕傲。」

老實說，我果然還是很想知道當時的事情。

有些事只有小朱莉知道，但我完全不知情，甚至覺得更莫名其妙了。

不過，我也不知為何感到釋懷了。

早在連我自己都忘記的遙遠過去，她就一直暗戀著我。

只要想到這件事，心裡就沒有任何不安了。

（帶她來這裡果然是對的。）

我會把小朱莉帶來這個地方，只是出於自私的願望。

想要逃離文化祭的喧囂，跟小朱莉兩人獨處……就只是想要獨占她罷了。

——如果讓她知道我把她帶來這裡的理由，應該會覺得很傻眼吧。

我在走來這裡的路上一直很不安。

可是，現在甚至覺得連那種擔憂都是多餘的。

雖然她剛開始可能會感到困惑……但我們現在已經知道彼此的想法，我覺得就算不用多說什麼，我們也能明白對方的心意。

（不過，這樣應該也會讓離別變得更為難受呢……）

即將在今天到來的漫長離別，肯定會比八月結束時的離別還要讓人心痛。

不光是我，小朱莉也是一樣。

「我說，學長。」

「嗯……？」

「我當然從來不曾放棄這個目標……你可以聽我重新宣示一次嗎？」

「啊……嗯，當然可以。」

小朱莉握著我的手加重了力道，還把另一隻手也放上來。

「我絕對會考上政央學院！」

小朱莉懷著堅定的意志，用強而有力的語氣如此宣言。

「今天跟學長一起在學校裡閒逛，讓我有了這種想法——我果然還是想要跟你讀同一所學校。愈快愈好！愈久愈好！」

「嗯。」

「還有，我明天也會一直跟學長聯絡！不管是傳訊息，還是打電話，每天都要做好幾次！」

小朱莉又接著繼續說了下去。

「我覺得談遠距離戀愛也很棒……為了不留下遺憾，在正式入學之前，我一定要好好享受這段時間！」

「嗯。」

這樣會不會影響到她讀書這種問題……我想應該沒必要特地問了吧。

她的決心已經清楚傳達給我。

我只需要點頭就夠了。

回過神時，周圍已經籠罩在夕陽餘暉之下。

文化祭應該也快要結束了吧。

可是，我們誰也沒有說要回去……就只是默默地等待太陽下山。

同時祈求這段時光不要太快結束，就算多延長一秒鐘也好。

第7話 關於我努力規劃「未來」這件事

就這樣，夏天這次真的結束了，我在大學下學期開始的第一天，回到獨自居住的套房。

我這次只不過是回老家一趟，所以離開時也沒有太過激動，父母只交代要在大學努力讀書，還要記得保重身體，就直接放我回來了。只有一個傢伙對此感到不滿——

「哇，換洗衣服竟然沾著這麼多毛……看來那傢伙果然想偷偷躲進來。」

我回到家裡打開包包一看，發現裡面到處都是黑色的毛。

那傢伙應該是打算偷偷躲進去，但最後還是放棄了吧。

沒錯，那個感到不滿的傢伙就是諾瓦。

察覺到我要回來之後，牠直到最後都一直緊緊黏著我，就算無法用言語交流，也知道牠是在叫我別走。

不過，我無法實現牠的願望。當我忙著收拾行李時，牠還跑到我懷裡……大概是要我帶牠一起走吧。

（但是，我當然不可能帶著牠回來……）

即使牠留下這些反抗的痕跡，也只能讓牠含淚放棄。

「我也希望還能跟諾瓦一起生活……為了實現這個願望，也必須好好努力。」

其實父母在看到諾瓦黏著我的樣子之後，也曾經提議要不要讓牠跟我住一起。

我當然沒辦法立刻這麼做。雖然房東已經同意讓我飼養金魚，但這棟公寓禁止住戶飼養貓和狗之類的寵物。更重要的是，我還沒有能照顧好諾瓦的餘力。

不過，我遲早要實現這件事。以此為目標制定每一天的計畫，或許也是個不錯的決定。

——叮咚。

「嗯……？」

當我想著這些事情發呆時，這間套房的門鈴響起了。

有一瞬間還在猜對方是誰，但我很快就想起與對方的約定，立刻走向房門。

「小求，好久不見～」

「結愛姊。」

這位訪客就是結愛姊。

雖然是要出門，但她還是穿著輕便的服裝。

不過，如果是要跟親戚見面，穿成這樣也還算合適。

「稍微來晚了。停車場有夠難找的～」

「抱歉，還麻煩妳專程跑這一趟。」

「沒關係啦。畢竟這種東西也很難用走的搬回來嘛。來，我確實還給你了喔。」

如此說道的結愛姊把一個小型水槽拿到我面前。

水槽裡的兩條金魚──小金和小玉正在悠哉地游泳。

「想不到會寄放在妳那裡超過半個月……結愛姊，真的很感謝妳。」

「這樣你就欠我五次人情了喔。」

「怎麼變多了！」

「因為還要算利息啊。」

「妳是開地下錢莊喔……！」

雖然結愛姊像是在開玩笑，但她其實非常認真，這才是最可怕的事情。

只要她說是五次，就必定會提出五個要求，而且那些要求都不會太容易做到。

過去的經驗是這麼告訴我的。儘管機率就跟微粒子差不多小，她這次依然有可能

只是在開玩笑──

「呵呵呵，該讓你幫我做什～麼才好呢～♪」

然而，看到結愛姊露出奸笑，開心地這麼盤算的樣子，我就知道她這次也不是在開玩笑，忍不住想要嘆氣。

「呼……不過我覺得有點累，先讓我進去休息一下吧。」

「妳還真不客氣。」

「有意見嗎？我都已經配合你的行程努力工作了，難道就不想慰勞我一下嗎？至少也該請我喝杯茶吧。」

「那這樣算是還妳幾次人情？」

「當然是零次啊♪招待我這個漂亮的堂姊，本來就是你這個堂弟的義務。」

「這種義務還真是討厭……」

如此說道的結愛姊走到屋子裡，馬上就開始耍廢。我只好端出一杯麥茶給她。

畢竟我確實有硬要她幫忙照顧金魚，還讓她今天專程送金魚回來，而我也真的很感謝她。

當然了，我並不是故意要表現出順從的態度，看看能不能讓她高抬貴手。沒有那種小家子氣的居心。完全沒有。連一丁點都沒有。

「話說回來，你房間裡還是一樣沒什麼東西呢。想到這點，就覺得擺個金魚水槽也不錯。」

「畢竟我的興趣沒有妳那麼多。而且……」

這也是因為小朱莉離開之後，她的東西都帶回去了……不過，這種事應該沒必要特地說出來。

「對了。結愛姊。」

「什麼事～？」

「如果一個人住還要養貓，是不是真的很困難？」

「養貓？你想要養貓嗎？果然是年輕人呢。」

「這跟是不是年輕人有關係嗎？」

「不是有很多人都為了經營社群養貓嗎？」

「那是因為妳有在逛那些社群吧……話說，可以不要這麼明顯地扯開話題嗎？」

結愛姊已經完全進入耍廢模式。

她甚至還開始拉筋，扭轉身體做起體操。

「對了。你說要養貓，該不會是要把諾瓦接來住吧？」

「是啊。」

「你這次回去老家，發現自己捨不得跟牠分開了嗎？」

「算是吧……」

雖然是諾瓦捨不得跟我分開，其實我也會感到寂寞，所以也沒必要特地糾正結愛姊的說法。

「原本還以為你是個有了金魚還想養貓的花心人渣堂弟，但如果對方是諾瓦，我就可以接受了。畢竟牠真的很可愛呢。」

「拜託妳不要趁機偷罵人行嗎？」

「而且牠很聽話，就算家裡有金魚，應該也不會攻擊。不過可能會吃醋就是了。總之，我覺得你要把牠接過來也行。」

結愛姊想也沒想就表示贊同。

因為她說得有氣無力，我完全沒有受到鼓勵的感覺。

「再說，你明年就不是一個人住了吧？」

「噗！」

「你那種反應是什麼意思？你不是要跟小朱莉同居嗎？你們不是在交往了嗎？」

「我、我們確實正在交往，但要不要同居又是……另外一回事……」

「你說這什麼傻話？你們不是還沒交往就同居了嗎？」

雖然她說得完全正確，然而這些話對事情毫無幫助。

在小朱莉成功考上大學之前，說這些都是多餘的。

「只憑你一個人的力量，要同時照顧諾瓦跟金魚應該會很辛苦吧？畢竟你現在要去大學上課，還要去店裡打工，幾乎都不在家裡不是嗎？」

「這倒是真的……」

「不過，如果家裡有兩個人，你們只要把課表排開就行了，打工的人也會變成兩個，大家都能減輕負擔！」

「打工的人變成兩個……妳不會是打算讓小朱莉也去『結』工作吧？」

「那還用說嗎♪」

咖啡廳「結」是我打工的地方，也是結愛姊的老家。

那是一間個人經營的咖啡廳，我覺得請兩個工讀生（還要加上結愛姊）好像太多了。畢竟就算只有店長——伯父一個人，店裡應該也不會有問題。

「你們兩個的任務又不一樣。你是負責幹粗活的陽光型店員。小朱莉就負責跟我一起當店花～！」

「可是年齡好像差……」

「你說啥？」

「我、我什麼都沒說喔！」

是惡鬼！惡鬼出現了！

話說回來……如果她們兩個一起顧店，應該真的能招來許多客人。

不過，我很懷疑這在經營上是否能算是好事。

「而且只要店裡的人手變多，我想出去旅行也會變得更容易不是嗎？」

「妳這次打算去哪裡旅行？」

「還沒決定，但我很想找個地方去走走。」

畢竟結愛姊的興趣就是獨自去旅行。

她經常突然出去旅行，然後帶著某種收穫回來……這種自由奔放的成熟作風，讓我從小就覺得很耀眼。

我突然懷念起往事，讓結愛姊露出溫柔的笑容，一副看穿我心思的樣子。

「旅行很有趣喔。你也可以去旅行看看。要跟小朱莉一起去也行。」

「跟小朱莉一起去旅行啊……」

雖然我們是從今年夏天才開始有機會說上幾句話，但暑假的前半段都是在這間套房度過，後半段則是在我老家……確實給我一種都是在房子裡見面的感覺。

即便我們去過海邊，但那次是跟大家一起去的。

「順便告訴你，如果要去旅行，有駕照會比較方便喔～」

「駕照啊……我也這麼覺得，但這樣好像要花很多錢呢。」

「不管做什麼事都需要花錢喔。放心啦！只要你在我家努力工作，就能解決這個問題了！」

「……我會努力的。」

總覺得我遲早會分不出自己過著這種獨居生活，到底是為了讀大學還是打工。

◇◇◇

大學的課程開始之後，我很快就見到昴，跟他聊起九月發生的事情。

「什麼！你竟然去參觀文化祭！太讓人羨慕了吧～！怎麼沒找我～！」

「誰教你不回老家。」

不過那畢竟是我跟小朱莉的約會，就算昴有回老家，我應該也不會找他一起去。

「畢竟朱莉是個考生，我擔心自己回家可能會吵到她。」

嗚……！對八月和九月都跟她在一起的我來說，這句話實在有些刺耳。

「不過，其實我也是因為覺得距離太遠，就懶得回去了！」

「…………」

這個理由實在很有昴的風格，讓我放心多了。

「希望你能永遠保持這樣……」

「咦？你說什麼？」

「不，沒什麼。」

我不小心說出自己的感想，幸好沒被他聽到。

話說回來，昴平常的個性跟他身為哥哥的時候實在差太多了。我甚至懷疑他有雙重人格。

「唉，我完全沒想過要去參觀高中的文化祭。原來如此，如果是在九月底舉辦，確實勉強有辦法去參觀呢～」

「不過時間上是真的很趕。那也不過就是這兩天的事情。」

「也是啦……要是去了應該會讓人不想回來這裡吧！」

事實上，我覺得自己的體力好像還沒完全恢復。畢竟我們走了不少路。

我當然完全不後悔去參觀文化祭。

「對了，那你暑假都在做些什麼？」

「我當然是……練習這個喔。」

昴露出臭屁的表情，雙手握拳，左右手輪流上下擺動。

「……打鼓嗎？」

「不是啦！是開車！我經常去租車鍛鍊自己的駕駛技術。」

「哦，你會主動練習，還真是讓我有些意外。」

「哈哈哈！畢竟我宮前昴是個不知何謂努力的男人！」

拜託別把自己說得像是個天才一樣。

「不過啊，雖然說是練習，其實也沒那麼辛苦。就算只是開著車子到處亂晃，我也覺得挺有趣的。」

「是喔。」

「我可不是想在公路上跟別人競速喔。畢竟只要想到可能會有人突然從路邊衝出來，就會感到害怕。但是，只要開著車子，我就能變得比以前還要自由，輕鬆前往任何地方！」

昴的眼睛變得閃閃發亮，就像是個剛買到新玩具的孩子一樣。

能清楚感受到他內心的歡喜，自己也不可思議地跟著感到興奮。

「我最近還會去逛二手車網站，也會觀看相關影片，花了不少時間在這上面喔。天啊！真想買一輛自己的車子！」

「這種煩惱還真有成年人的感覺。」

只要是跟車子有關的事情，總會讓我覺得那是屬於成年人的事情。
不過，我之前跟結愛姊聊天的時候，好像也有提到考駕照這件事。
「喂，求，你現在是不是在考慮要去考一張駕照？」
「我是有在考慮啦……」
「你這小子……我可不允許你這麼做喔！」
「為什麼啊！」
原本還以為他會贊同我的想法。
「話說你前陣子不是還勸我去考駕照嗎！」
記得那是大家在暑假一起去海邊玩時發生的事情。
昴好像是在開車的時候，跟我聊過這個話題。
「彼一時，此一時。」
「沒必要分得這麼清楚吧……」
「因為你那時候還沒跟朱莉交往不是嗎？」
「……？等等，這兩件事到底有什麼關係？」
「關係超級大好不好！聽好了，我身為談戀愛的前輩，就好心給你這隻菜鳥一個忠告吧！」

昴誇大其辭地這麼說，然後充滿自信地豎起食指。

那種舉動跟小朱莉有幾分相似，讓我看了就不爽。

「想要當個稱職的男朋友，就一定要送禮物給女生！」

「…………」

「你擺出那種微妙的表情是什麼意思？」

「我只是覺得這句話很像是那種免洗的新聞標題……你該不會是從其他地方直接照搬過來的吧？」

「才沒有！這是我完全原創的句子！你先聽我說完啦。」

昴刻意清了清喉嚨，重新拉回原本的話題。

「我覺得送禮物給女生很重要。你不覺得那是賦予心意一個實體的好機會嗎？」

「嗯，我也這麼覺得。」

「回到我們原本的話題，考駕照其實得花不少錢，差不多要十萬圓左右。」

「嗯……」

「我就是擔心你花了那麼多錢考駕照，等到需要送禮物給朱莉的時候，有可能會遇到缺錢的問題！」

我剛才問他這兩件事到底有何關聯，看來這就是他給的回答。

雖然覺得他有點管太多了……

（不過，他這樣說其實也沒錯。）

昴的忠告有稍微說到重點。

如果有機會送禮物給女朋友，我也想要送個好一點的禮物。

雖然我不認為一定要送很貴的東西，但要是找到想送給對方的東西時，我可不想因為沒錢而做出妥協。

「呵呵呵……看你的表情，應該是被我說到痛處了吧？」

「沒你說的那種嚴重，不過我確實有種恍然大悟的感覺。」

「我就說吧？你以後可以改叫我戀愛大師喔！」

昴露出臭屁的表情，自得意滿地這麼說。我不小心稱讚他一句，他就立刻囂張起來了。

「順便提醒，有兩個絕對不能忘記送禮物的日子，就是聖誕節跟女方的生日。」

「生日……」

「再來就是情人節跟白色情人節了吧。還有交往滿一週的紀念日與約會紀念日之類的，反正各種紀念日都要送禮物就對了！」

「生日……？」

「……喂，別跟我說你不知道朱莉的生日是什麼時候喔。」

「啊，不……呃……」

仔細想想，我們好像從來不曾聊過這件事。

雖然我們曾經說好，等到她成年了，就要一起喝酒慶祝，但好像沒提到她的生日是哪一天……？

「你這個臭小子……這又是另一個大問題了喔！」

「抱歉，這件事也讓我很驚訝……」

為什麼我連一次都沒有問過她？不對，還是其實已經問過了？要是我早就問過，結果卻忘記她的生日，那就更糟糕了。

（不行，想不起來。我到底有沒有問過……？不、不行啊！只要想到可能問過卻忘記了，或是她說過但我沒有放在心上，就不敢再去問小朱莉了！）

要是讓她知道這件事，她肯定會很難過。可是，我也不能一直不知道她的生日。

「我、我該怎麼辦才好……！」

「媽呀！你也未免流太多汗了吧！」

昴剛才原本還用責備的眼神看著我，現在卻忍不住擔心了起來。看來我似乎完全隱藏不住心中的動搖。

然而，我到底該怎麼度過這個難關呢……？

「真拿你沒辦法。那種小事就讓我來告訴你吧。」

「咦？你是說真的嗎！……可、可是，我沒經過她本人的同意，就擅自問你這種事情，好像不是很妥當……」

「沒差吧？反正你們認識，問個生日又沒什麼。」

「可是，她有可能把生日設為密碼……」

「要是她真的設了那麼容易破解的密碼，那也是她自己有問題吧！」

昴難得給了我一個這麼有道理的吐槽。

他這些話確實很有道理。反正我跟小朱莉認識，我也是因為知道這種事反而很正常，現在心裡才會這麼動搖。

「更何況，我早就把你的生日告訴朱莉了。」

「咦？原來還有這種事嗎！」

「是啊。這樣你們就算是扯平了，不是正好嗎？」

原來如此，這樣我就可以接受。

「我現在就用Line把她的生日傳給你。為了避免以後忘記，你要記得輸入到行事曆裡面喔。」

「謝、謝謝你。昴，你真是個好人。」

「拜託不要為了這種小事就對我這個摯友改觀，這樣反而顯得我很悲慘……」

我懷著最深的感激，照著昴的吩咐把小朱莉的生日輸入到行事曆應用程式裡。

可是，我記得這天好像是——

「聽好了，這是我身為談戀愛的前輩，也是以朱莉的哥哥這個身分給你的忠告。絕對要讓她有一個開心的生日喔！」

「當、當然沒問題……我會努力的。」

聽到昴這麼說，我即便感到不安，依然深深地點頭。

看來還是必須多打工才行。

之前也有跟結愛姊聊到這件事，不管要做什麼事情，果然還是需要先有錢。

（不過也不能造成伯父他們的負擔。要是我排太多不必要的班，結果害得店裡經營不下去，那可就不好笑了。）

雖然結愛姊上次叫我多排一點班，但她有時候只是在亂說話。

看來我最好還是在合理的範圍內多排一些班，同時考慮另外找一份新的兼職。

當然還得顧慮到學業，不能讓該拿到的學分變少……看來得好好安排一下。

腦袋好像快要亂成一團了。

「對了。昴，你有在打工……」

「完全沒有！」

「……我想也是。」

不愧是大家公認的有錢人家少爺。

「怎麼？你想要多找一些打工嗎？」

「我還在考慮……」

我目前並不缺錢，但以後就很難說了。

如果想要實現所有願望，錢絕對會變得不夠用。

更何況——

「小朱莉也在用功讀書，我覺得自己也得做些事情。」

「是嗎？你有這種想法很不錯喔。」

「那你就來陪我一起打工吧！」

「為什麼啊！」

「看到自己妹妹這麼努力，你應該也很想努力做些什麼吧？」

「拜託你不要說那種聽了之後只有人渣才會拒絕的話好嗎！」

「如果能拿到你努力賺錢買來的禮物，長谷部同學一定也會很高興呢……」

「咦？是、是這樣嗎！」

很好，他上鉤了。

反正都是要努力賺錢，讓這傢伙也陪我一起去，應該會比較有趣。

不過，這也是因為如果放著他不管，他很可能會在我累得要死的時候說風涼話刺激我，才決定把他拖下水。

「嘿嘿嘿，真拿你沒辦法呢。那我也去找一份打工吧！」

「喔喔！」

我要考到駕照，還要努力送一份好禮物給小朱莉。

然後帶著她一起去旅行，也可能會從現在住的單人套房，搬到可以養寵物的雙人套房。

我沒必要現在就放棄其中任何一件事。

因為今後可以去做的事還有很多。

我不能只是等待，也要努力看看。

這樣才能懷著自信，迎接現在也在努力讀書的小朱莉。

番外篇

兩個女孩的事後檢討會

讓人忙成一團的煩人文化祭結束了，在秋天到來的同時，圍繞著所有考生的考試戰爭也變得愈來愈炙熱。

（還真是讓人看了就難受……不，是讓人佩服才對。）

而我也順利通過九月參加的推甄考試，已經決定要在明年四月進到政央學院大學就讀。超爽的。

雖然我不認為自己會落榜，但要是落榜了，現在就必須拚命準備考試才行，所以這個結果讓我放心多了。

「很好，這題也答對了。呼～總算成功拿到滿分了～！」

因為這個緣故，在明年三月畢業之前，我確定可以過著耍廢的生活了，但因為眼前這位朋友——宮前朱莉還要準備考試，我現在正陪她留在放學後的教室裡讀書。

平常這種時候早就回家了，不過今天教室裡好像只有朱莉一個人，於是想要利用這個機會刺激她一下。

話雖如此，我也不方便跟她講話，只好去圖書館借來一本沒聽說過的知名外國小說隨便翻翻。

「好，我要休息了！」

「會不會太快了？」

「一點都不快！我確實讀了一小時的書，而且比起一直讀下去，中途適度休息一下效率反而會更好。我記得這就是所謂的番茄肉醬（Bolognese）還是什麼卡波納拉（Carbonara）義大利麵……」

「是番茄（Pomodoro）才對吧。番茄工作法（Pomodoro Technique）。」

「對對對！就是那個！」

真不知道該說她是腦袋糊塗，還是太過粗線條。

順帶一提，所謂的番茄工作法，就是某位大人物提倡的一種時間管理方式，他認為每次工作二十五分鐘就休息五分鐘，才是最有效率的作法。

我覺得那跟朱莉這種讀書一小時就短暫休息的作法，好像不太一樣……算了，隨她高興吧。

也許是專心讀書讓朱莉覺得很充實，她蓋上題庫，好像很舒服地伸了個懶腰。

雖然我覺得她讀書的時間已經夠多了，但她本人好像覺得讀書的時候比較能靜下心來。

那些在ＦＰＳ遊戲裡「鞭屍」的玩家，也許就是懷著這樣的心情吧。我也不是很懂就是了。

「話說回來，小璃，我看妳剛才超級專心耶。」

「……妳說我嗎？」

「是啊。那本書有那麼好看嗎？」

「還行啦……不過我只看到一半，沒辦法做出結論。」

我不常看小說，無法判斷一本還沒看完的書到底好不好看。只覺得看到一半的時候被打斷，心裡會有點不太高興。

這也是因為朱莉比我想得還要專心，覺得自己不該打擾她。

「朱莉，妳真的變了呢。」

「咦？」

「我是指妳對讀書這件事的態度。妳好像沒有以前那麼不情願了。」

「會、會嗎……？」

「至少妳現在不會說喪氣話，也不會喊累了。」

「嗚，我確實沒說那種話，但也不是真的不想說……」

「還有，如果是以前的妳，有一句話絕對會說。」

「什、什麼話？」

「那就是……『小璃，只有妳先通過推甄實在太奸詐了！』」

我還故意模仿朱莉的語氣。

不過，現場沒有可以幫忙判定的第三者，這其實沒什麼意義就是了。

「再說了，我通過推甄這件事，也擔心會讓妳聽了不舒服，難得好心地故意不說出來，結果妳竟然主動問我。」

「因為我會在意啊。而且也不認為妳會落榜。我問妳這個問題，也不過只是要確認一下。」

朱莉果然沒有表現出眼紅的樣子，而是說得十分理所當然。

因為朱莉很單純，還有些天真，常常不小心把心事表現在臉上，所以這肯定是她發自內心的想法。

「但是，妳確實沒有說錯，如果是以前的我，應該早就說出那種話了吧～」

「哦，既然妳可以體認到這點，就代表妳身邊確實有發生很明顯的變化對吧？」

「咦！」

也許是被我猜中，朱莉的肩膀猛然抖動，臉頰也變紅了。

老實說，這種事我還沒開口發問就知道了。現在的朱莉會表現出這麼明顯的變化，原因只可能出在一個人身上。

「謝謝妳的誠實。」

「我有說了什麼嗎！」

「其實我也知道這個問題只是白問，反正肯定是求哥的影響對吧？」

「這個嘛……妳猜對了。」

朱莉露出嬌羞的微笑，輕輕點了點頭。

我知道這種反應的意思。她肯定在想「我竟然被學長影響了，好幸福喔～♪」。

這我實在無法體會。

「就是……我跟學長重新做了約定。我絕對要考上大學，所以必須用功讀書……不，是我想要更加努力才對！」

「是喔。」

「我反倒覺得努力讀書是件開心的事情呢！」

「妳好強喔～」

「我現在超級有幹勁喔！」

「這就是愛的力量呢。」

「欸嘿嘿，妳也這麼覺得嗎～」

雖然自己說這種話也很奇怪，但我明明說得毫無感情，只是在隨便應付，不過她好像一點都不在意。這肯定是愛的力量。

「而且我們一起去參觀文化祭，也想像得到我們以後並肩走在同一個學校裡的樣子。大家都說有了具體的目標，人就有辦法努力打拚，我現在就是那種感覺吧！」

「哦……」

「對了！說到文化祭！」

也許是放閃過頭覺得難為情，朱莉毫不掩飾地改變話題。

「小璃，恭喜妳喔！」

「恭喜什麼？」

「咦？在文化祭的所有攤位之中，妳們的業績不是排第一嗎？」

「哦……原來妳是說那件事啊。」

還在想她要說什麼……想不到竟然是那件事，害我想起那段痛苦的回憶。

「妳們好厲害喔。我聽說店裡從文化祭第一天就客人源源不絕，第二天又有更多客人聽到口碑跑去捧場！」

「唉，是啊。」

我們這些自願參加的三年級學生，在文化祭上開了一間萬聖節咖啡廳。

因為老師覺得我很閒，才不得不被迫參加，結果店裡從第一天就生意興隆，客人多到滿出來，讓我們差點就要應付不過來。

我原本只在朱莉他們來玩的第一天早上有排班，但因為客人實在太多了，我只能在店裡做到打烊，中間完全沒得休息。

雖然這種壓榨勞工的作法，讓我認真考慮過要去向勞動局投訴，但這個勞動地獄並不是這樣就結束……

「小璃，妳第二天不是也去了嗎？店裡的生意好嗎？」

「……嗯。畢竟我們的業績是全校第一名。」

事情就跟朱莉說的一樣，我第二天竟然又被叫去參加文化祭活動。

因為大家都說我們在第一天差點應付不過來時，還是有辦法跟其他攤位合作，把業績衝到最高，讓許多客人都感到滿足，全是多虧了我出色的指揮與安排。

我確實有對快要忙不過來的同學們下達各種指示……不過這是因為動腦比一直動手來得輕鬆。

然而，老師得知這件事之後，就過來低頭拜託我第二天也去幫忙，而這正是我最大的失算。

看到大人們低頭拜託我，還有其他參加者說著：「如果有櫻井同學幫忙，確實讓人放心多了！」這種話，用充滿期待的眼神看著我的樣子，就覺得要拒絕他們實在太麻煩了。

——反正店裡應該只有第一天生意比較好，第二天就會退流行，很快就能回家。

我在腦海中幫自己找藉口，就這樣屈服於壓力。

然後到了第二天……我被迫面對因為第一天的口碑而來的大量客人。

於是，文化祭就這樣在不輸給第一天的盛況之下落幕了。

我被迫連續兩天參與，而且還是全天班（沒有休假與薪水），差點活活累死。

甚至沒力氣跑去勞動局投訴，只能忍氣吞聲——結束。

「唉……」

「妳怎麼突然就嘆好大一口氣！」

「光是想起那件事，就覺得好累。」

我原本打算在通過推甄之後，隨便找份短期的打工，在進到大學就讀前賺點錢，但現在完全沒有那種想法，只想耍廢混日子。這八成就是所謂的心理創傷吧。

「我這輩子都不想工作了……」

「小璃，妳做得很棒了喔。」

我無力地垂著頭，朱莉則溫柔地摸了摸我的頭。

她還給我一種跟某個貓型機器人一樣，說著「小璃，真拿妳沒辦法呢」這種話的感覺──

「不過如果要追究起來，這一切都是妳害的。」

「為什麼啊！」

「都是因為妳打扮成小魔女到處去宣傳，店裡的生意才會變得那麼好不是嗎？」

「我只是照著妳的指示去做喔～！」

事實確實就是如此。

而且因為朱莉太過認真看待我的指示，讓我想要故意捉弄她也是事實。

「妳只需要乖乖當我的玩具就行了。」

「妳好過分！」

「大人遇到不如意的事情時，不是也都會借酒澆愁嗎？我也只是那麼做罷了。」

「拜託不要把別人當成酒精啦！」

欸嘿嘿，朱莉這傢伙可是相當不錯的美酒呢。

因為她捉弄起來也很有趣，完全不會輸給諾亞。

「真是的，妳現在的笑容很討厭喔。」

「小姐～來這裡幫我倒杯酒啦～」

「竟然連說話的語氣都改變了！真是的，這位客人，我們打烊了喔～！」

朱莉意外地配合，使勁推了推我的肩膀。

不過她推得太用力，害我有點頭暈……

「對了，我突然想到一個問題。」

「哇啊！妳竟然瞬間就恢復正常……！」

「朱莉，妳明明這麼喜歡求哥，為什麼在高中時期完全不展開攻勢？」

「咦！怎、怎怎怎、怎麼會突然問起這個！」

這麼問或許真的有些太過突然。

不過，我一直想不通這個問題。

「妳不是等到求哥都考上大學了，才特地到他家裡嗎？他還在讀高中的時候，應該更容易接近才對，妳到底是怎麼壓抑那種欲望的？」

「呃……說是欲望好像有點……」

我再次提起她當初暗戀求哥的事情，讓朱莉變得滿臉通紅。

沒錯，這女孩其實很純情。

畢竟我跟她在一起那麼久，卻完全沒發現她在暗戀某人。

雖然她之前還沒如願跟求哥在一起，讓我不好意思問這個問題，但他們已經正式交往，就算我問這個問題應該也沒差了。

「話說回來，妳是從什麼時候開始暗戀他的？」

「其實是……國小四年級的時候。」

「咦？這也未免太久了吧？」

我真的被嚇到了。

如果是國小四年級，那不就比我認識求哥還要早嗎？

不過，假如她真的暗戀求哥那麼久，也難怪這份感情會那麼沉重……

「我們當時只有在一起短短幾天，就只是一場萍水相逢，我以為自己這輩子可能再也見不到他。」

最後這句話就已經足夠沉重了。

「但是，在我國三的時候，我哥碰巧跟學長變成朋友，還把他帶到家裡！」

朱莉變得有些興奮，眼睛也閃閃發亮。

總覺得她會說出「這都是命運的安排」這種話。

「我當時覺得這都是命運的安排！」

「…………」

想不到她真的這麼說了。

這種單純的想法，實在很有朱莉的風格。

「我現在很清楚妳暗戀他多久了，可是不覺得這樣反而更說不通了嗎？既然暗戀他這麼久，妳不是更應該積極展開攻勢嗎？」

「這是因為……那個……」

朱莉似乎為此感到後悔，沮喪地垂下肩膀。

「……我找不到機會。」

「嗯？」

「要是莫名其妙去找他說話，我怕他會認為我是個奇怪的女孩……」

「…………？」

她是在等我吐槽嗎？

這實在不像是有勇氣獨自去心上人家裡的純愛戰士會說的話。

「可、可是我也有努力過喔！還會把哥哥的便當藏起來，然後假裝要送便當給哥哥，跑去他們的教室！」

「這樣算得上是努力嗎？」

我只覺得這樣很多餘，比起直接去找求哥說話，這樣更容易被當成奇怪的女孩。

不過，朱莉好像覺得這樣沒問題……真是搞不懂她。

「如果妳要製造機會，不是還有跟他加入同一個社團這招嗎？」

「就是這招！」

「哇……！」

朱莉使勁拍桌，把上半身整個靠過來，對我點了點頭。

「妳說得沒錯，我也覺得只要加入田徑社，跟學長相處的機會就會變多。」

「那妳當初怎麼不這麼做？」

「可是……如果要用這招，我會遇到一個超級大的問題……」

她還故意賣關子，一副要說鬼故事的樣子。

果然只要說到求哥的事情，她就會變得很興奮。

「其實我很不擅長跑步……」

「我知道。」

雖然朱莉可說是文武雙全，但大家也都知道她體力不好的事情。

田徑更是她的弱點，就算是短距離跑步，只要全力奔跑，臉色就會變得很難看，如果是長距離跑步，更是慘不忍睹。

她本人也不喜歡跑步，應該也是讓這種情況變得更嚴重的原因。

「反正田徑社又沒有舉辦入社考試，就算妳不擅長跑步還是可以加入吧？」

「可是，那是田徑社耶！運動社團不就是完全看實力說話的地方嗎！學長在那種世界裡算是王者級的人物，而我就像是一隻在地上慢慢爬的蛞蝓！別說是要參加同一個社團創造機會了，我甚至會創造出絕對無法跨越的高牆！」

「我覺得應該不會那麼嚴重。畢竟我們學校的田徑社不是很認真。」

……不，對方畢竟是那個求哥，所以這也很難說。

他只要專心練跑，就會完全進入自己的世界，在國中時期是個相當認真的選手。他不是那種會積極指導學弟妹的人。如果對方不是顯然遇到麻煩，他就不會毫無理由地率先去指導對方。

因為田徑是一種個人競技，只要讓想努力的人去努力就夠了。我記得他好像還說過這樣的話。

雖然他上了高中之後也可能變得比較會做人，但我覺得他跟朱莉之間還是很可能真的築起一道高牆。

「後來，我還想過要去田徑社當社團經理！因為如果只是當個社團經理，擅不擅長跑步就不重要了！」

「啊～可是，我們學校的田徑社偏偏沒有招募社團經理。」

「就是說啊！」

儘管這只是聽來的傳聞，田徑社以前曾經因為太不認真，反倒讓許多想要賺取在校成績分數的女生搶著來當經理，結果導致田徑社再也不招募社團經理了。

不知道這個傳聞是不是真的，但我看過幾次他們練習的樣子，知道社團經理確實不需要做什麼事情。

「不過就算田徑社真的有招募社團經理，我也不想讓學長把我跟哥哥放在一起，所以應該還是不會那麼做吧。」

「對喔。我記得妳哥也是田徑社的社員。」

「他看起來就不是那塊料對吧～唉，他也只是因為剛入學就交到學長這個朋友，才會順便跟著加入田徑社，好像也不是很認真在練習的樣子。」

「嗯，看來他比妳積極多了。」

「我、我又不是在跟他搶學長！」

朱莉說得完全正確，因為她最後連搶都不敢去搶，所以完全是她輸了。

但是，只要這麼一想，就覺得朱莉果然很不可思議。

如果不想加入田徑社就算了，她好像也不會去偷看求哥練習。

因為求哥是那種行事比較低調的人，如果朱莉不積極去找他，就不會有接觸這位學長的機會。

也就是說，朱莉在高中時期跟求哥之間的發展，真的就只有送便當給哥哥的時候順便碰面了。

儘管如此，她卻又有勇氣突然跑到求哥獨自居住的套房，說要用自己當哥哥負債的抵押品……

（真搞不懂她的行動力到底強不強。）

仔細想想，她故意把哥哥的便當藏起來，假裝是哥哥忘記帶的東西幫忙送過去，也算是相當過分的行為。雖然她本人似乎不這麼認為就是了。

（不過，他們兩人接觸的機會明明這麼少，朱莉卻突然到求哥家裡……真想知道他當時是什麼反應。）

即使是朋友的妹妹，感覺起來應該就跟陌生人差不多吧。

這樣的女生突然找上門來，還賴在家裡不肯走……他當時的反應肯定非常有趣。

「小璃，怎麼了嗎？妳怎麼在偷笑？」

「不，沒什麼。」

糟糕，看來我好像不小心表現在臉上了。

總之，因為朱莉展現出不可思議的積極性，他們兩人在今年夏天順利交往了。

即便朱莉意外地是個怪人，求哥是個超級木頭男，也無法改變這個事實。

「啊，我差不多該繼續讀書了！」

「是嗎？加油喔。」

「嗯！小璃，謝謝妳！」

看著朱莉再次開始用功讀書之後，我也回去看自己的書了。

（啊，忘記放書籤了。）

因為只顧著跟朱莉聊天，犯下這種低級的錯誤。

雖然這還不至於找不到要從哪裡繼續看下去……但是在我找尋剛才的段落時，很可能不小心看到更後面的地方，失去閱讀的樂趣——

（算了，沒差。）

反正我原本就看得不是很認真，就隨便找個差不多的地方繼續看下去吧。

這種隨隨便便的態度，朱莉應該學不來吧。

因為她是那種個性認真，做事一絲不苟的人……不過只要遇到跟求哥有關的事，她好像就不是這樣了。

這個我原本以為已經相當了解的朋友，原來還有這種我不知道的一面。

這種感覺就像是在看一本還沒看完的書。

下一頁可能是能從前面劇情猜到的發展，也可能是讓人完全猜不到的驚人反轉。光是試著去想像，就讓人感到愉快。

（我是那種無法只看評論就得到滿足，一定要親眼把書看完的人呢。）

我這個人不喜歡跟別人往來，而朱莉是我難得交到的寶貴朋友。

然後那個讓她愛到變得不正常的男朋友，碰巧就是我在國中時期最為要好，暗自當成哥哥的男生。

這麼厲害的情侶檔可不多見。

比起某位國民偶像跟最受歡迎的女演員交往這種花邊新聞，他們兩人的關係讓我感興趣多了。

而且從明年四月開始，就可以就近觀察他們兩個了。

他們應該能讓我看到非常歡樂，又甜到讓人胃痛的愛情故事吧。

「小璃，妳好像真的很開心耶。」

「朱莉，妳分心了喔。」

「我、我才沒有分心呢！」

真希望四月快點到來。

我在腦海中描繪著即將到來的大學生活，看著摯友朝向未來努力讀書的樣子。

後記

首先，感謝您購買這本《借給朋友500圓，他竟然拿妹妹來抵債，我到底該如何是好4》。

我是作者としぞう。

這部作品終於來到第四集。

漫長的夏天在前三集結束，這部作品來到一個重要的轉折點。

這一集是發生在秋天的故事——不確定這麼說是否正確。因為故事發生在九月，夏天的暑氣還沒有完全消退。

大家通常都會覺得暑假是八月的事情，但至少在二〇二三年以前的那幾年（確切時間是商業機密），也就是我還在讀大學時，整個八月和九月都是大學生的暑假。老實說，這是考上大學之後，最讓我感到驚訝的事情。簡直可說是驚天動地。

高中生的第二學期都開始了，大學生還悠哉地放著暑假……這就是萬惡的九月。

這部作品號稱是大學生與高中生跨越年齡鴻溝，充滿心動愛情酸甜與苦澀，從五百圓開始的同居愛情喜劇（愛心），當然不可能放過這樣的劇情。

其實早在動筆寫這部作品時，就大致想好要讓男女主角發展成第三集結尾的那種關係，但後面的發展就完全沒想過了。

我覺得愛情喜劇可以大致分為「交往前的故事」與「交往後的故事」這兩種。

雖然前者的終點當然不用多說，後者的終點會在什麼地方……我想就只能讓各位讀者自己期待了。

最後是宣傳時間！

《借給朋友５００圓，他竟然拿妹妹來抵債，我到底該如何是好》這部作品目前正在「電擊COMIC REGULUS」這個網站上，由金子こがね老師負責連載改編漫畫。漫畫版第二集也已經上市了（註：本篇後記提到的時間皆為日本的發售狀況）！

這是一部看過小說版的讀者也能樂在其中，內容非常可愛的漫畫。希望各位還沒看過的讀者，務必找機會看看這部漫畫。

此外，雖然與本作無關，但我會在這本書發售的下個月（二〇二三年四月），於

KADOKAWA的Fantasia文庫推出《轉生成本該死亡退場的「設定上最強角色」的我，親手折斷所有死旗（暫譯）》這部作品。

那是一部緊張刺激的奇幻戰鬥系小說，然而我那種只會寫可愛女主角的老毛病還是沒有治好，又寫出了很可愛的女主角，如果各位讀者願意找來看看，那我將會非常開心。

如果還想知道更多，歡迎到我的Twitter看看。

事情就是這樣，想說的話都說完了，這篇後記也差不多該結束了。

請容我再次向願意看到這裡的各位讀者致上謝意。

衷心希望我們還有機會見面！！

我試著讓她們換了個打扮。
這是性感小魔女與白貓美少女。
這次畫了好多
美少女，
真是太開心了！

奇招百出的維多利亞 1~2 待續

Kadokawa Fantastic Novels

作者：守雨　插畫：藤実なんな

前頂尖諜報員組織幸福家庭的五年後
破解小說密碼的她展開尋寶大冒險！

維多利亞曾是頂尖諜報員，在她收留了小女孩諾娜並找回真正的人生後，五年過去了。結束瀋國的研究工作後，維多利亞一家返回艾許伯里王國。某一天她發現一本冒險小說《失落的王冠》的珍本，並以天賦輕鬆解開小說中隱藏的神祕密碼……

各 **NT$240~260/HK$80~87**

哥布林千金與轉生貴族的幸福之路
為了未婚妻竭盡所能運用前世知識 1 待續

Kadokawa Fantastic Novels

作者：新天新地　插畫：とき間

商業才能、魔道具、前世知識……
為了未婚妻，我要面不改色大開外掛！

下級貴族吉諾偷偷活用前世知識，將商會經營得有聲有色。他的夢想是找個晚年能互相扶持的伴侶，但前世的他根本不受歡迎，因此不擅長和女性相處，阻礙重重。這時他得到一個相親機會，對方是因為容貌特殊，人稱「哥布林」的千金小姐……！

NT$260/HK$87

繼母的拖油瓶是我的前女友
10
紙城境介
插畫／たかやKi
只要能伸出手，妳就在那裡
Kadokawa
Fantastic Novels

我和班上第二可愛的女生成為朋友 1~2 待續

Kadokawa Fantastic Novels

作者：たかた　插畫：日向あずり

第六屆カクヨム網路小說大賽特別賞第二集。
「朋友以上，戀人未滿」的真樹與海迎接聖誕節！

終於交到朋友的前原真樹想要好好告白，藉此和「班上第二可愛」的朝凪海成為男女朋友。然而接連到來的考試、聖誕派對的幕後工作，以及離婚的雙親——兩人雖然忙碌，還是迎來第一次的假日約會。低調男與第二女主角縮短距離的第二集！

各 **NT$260~270/HK$87~90**

國家圖書館出版品預行編目資料

借給朋友500圓,他竟然拿妹妹來抵債,我到底該如何是好 / としぞう作 ; 廖文斌譯. -- 初版. -- 臺北市 : 臺灣角川股份有限公司, 2023.12-
冊 ; 公分. -- (Kadokawa fantastic novels)
譯自 : 友人に500円貸したら借金のカタに妹をよこしてきたのだけれど、俺は一体どうすればいいんだろう
ISBN 978-626-378-284-6(第4冊 : 平裝)

861.57 112017354

Kadokawa
Fantastic
Novels

借給朋友500圓，他竟然拿妹妹來抵債，我到底該如何是好 4

（原著名：友人に500円貸したら借金のカタに妹をよこしてきたのだけれど、
俺は一体どうすればいいんだろう 4）

2023年12月20日　初版第1刷發行

作　　者：としぞう
插　　畫：雪子
譯　　者：廖文斌

發 行 人：岩崎剛人
總 編 輯：蔡佩芬
編　　輯：楊芫青
美術設計：宋芳茹
印　　務：李明修（主任）、張加恩（主任）、張凱棋

發 行 所：台灣角川股份有限公司
地　　址：104台北市中山區松江路223號3樓
電　　話：（02）2515-3000
傳　　真：（02）2515-0033
網　　址：www.kadokawa.com.tw
劃撥帳戶：台灣角川股份有限公司
劃撥帳號：19487412
法律顧問：有澤法律事務所
製　　版：巨茂科技印刷有限公司
ＩＳＢＮ：978-626-378-284-6